我喜欢这样独立的自己

徐小婷 徐小娴 著

海天出版社（中国·深圳）

图书在版编目（CIP）数据

　我喜欢这样独立的自己 / 徐小婷，徐小娴著．—
深圳：海天出版社，2017.6
　ISBN 978-7-5507-1959-0

　Ⅰ．①我… Ⅱ．①徐… ②徐… Ⅲ．①散文集—
中国—当代 Ⅳ．① I267

　中国版本图书馆 CIP 数据核字（2017）第 080525 号

我喜欢这样独立的自己
WO XIHUAN ZHEYANG DULI DE ZIJI

出 品 人：聂雄前
责任编辑：刘秋香　张绪华
责任技编：梁立新
责任校对：万妮霞　叶果　方琅
封面设计：马少芬

出版发行：海天出版社
地　　址：深圳市彩田南路海天综合大厦（518033）
网　　址：www.htph.com.cn
订购电话：0755-83460293（批发）83460397（邮购）
设计制作：深圳市书都出版有限公司
印　　刷：深圳市美达印刷有限公司
开　　本：787mm×1092mm　1/32
印　　张：6.75
字　　数：131 千
版　　次：2017 年 6 月第 1 版
印　　次：2017 年 6 月第 1 次
定　　价：35.00 元

序

最让人珍惜的师生缘分

在我看来，师生的缘分应该是这个人世间最美丽、也最让人珍惜的缘分之一。师生关系一旦确立就不会更改了，特别是中央戏剧学院（后文简称：中戏）这样的所在，课上严肃认真，课下轻松活泼，师生之间亦师亦友亦亲人。师生缘是一种不是血缘的又一种亲缘，即使暂时断开，无论多少年以后都可以随时续上，且毫无陌生感。和徐小婷的相处就是这样，相隔多年之后再次见面，一瞬间就可以回到往昔的那种熟稔，不会有丝毫的隔阂与生分。

徐小婷是我十几年前的学生，一个美丽热情、踏实努力的广东小女孩，笑容永远挂在脸上，灿烂而富有感染力。从来没有在她身上看到过忧伤——徐小婷一定有过她的不快乐，只是她没有让我这个做老师的感受到而已。所以，在我的记忆里，徐小婷一直是一个活泼、努力的女孩子，她的务实向上是一份由衷的真实，丝毫没有做作，正如她的为人，从来没有扭捏，真诚而得体，大方而通透。也正是因为这一份为人的秉性，徐小婷在校时跟班里同学相处融洽，无论是跟本系编导班的同学，还是跟戏文系、表演系、舞美系等其他系的同学都过往甚密、合作多多，真正具备了一个优秀制片人的诸多质素。

徐小婷刚来中戏时，东棉花胡同里还显得比较宽阔，没有多少私家车，南锣鼓巷里也没有现在这般闹热，没有几家酒吧。后来，东棉花胡同显得拥挤了，停满了私家车，南锣鼓巷天天人头攒动，从南到北都是酒吧，徐小婷也成长为一个大女孩，毕业回了广州，从事着心爱的影视工作，风生水起。

十多年以后的某一天，徐小婷在电话里跟我说，老师，你知道吗，我妹妹叫徐小娴，现在也在咱们电影电视系，就在制片管理专业。我以为徐小婷是在说一个远房的或者是无亲缘的妹妹，但她很认真地跟我说，徐小娴是她的胞妹，只是比她小了十岁。

几天后，我就在东城的校园里碰到了我现在的学生徐小娴，我居然认真地跟徐小娴对证了徐小婷是不是她的亲姐姐！在我看来，姐妹相隔十年考上中戏的同一个专业，真是一段令人意外和欣喜的佳话，我跟徐小娴对证的不是同胞姐妹的真实性，实际上是想让这段佳话在反复验证中再放大一点、再落实一次。

徐小娴秉承了姐姐徐小婷的那一份努力和热情，大方而得体，她的脸上也同样一直漾着笑意。也许是做妹妹的缘故，徐小娴的性格显得娴静一些，她不是那种风风火火的女孩，话语不多，无论何时都显得心中有数，或者叫成竹在胸。和姐姐徐小婷一样，徐小娴热爱自己的专业，认真快乐地学习，是一名优秀的学生。徐小娴善于管理时间，在学习的同时，也热心于社会实践和艺术实践，她可以在同一学年里同时拿到国家奖学金和学院奖学金，最终以本专业排名第一的综合成绩被推荐免试攻读硕士研究生。在中戏的四年学习，促进了徐小娴优良秉性的进一步养成。

师生真是一种缘分，很庆幸也很欣喜能有缘成为这一对姐妹的老师。于是为她们的书作序，也就成了一份应尽的责任。那就以此作为新起点再一次开始吧，再一次出发。我这个做老师的，对她们的期许一如既往，对她们的祝福自始至终。能够见证她们的成长，是生活和缘分赐给我的福分，谢谢她们。

高雄杰
中央戏剧学院电影电视系副主任、博士生导师

她们的故事很平凡，但又很吸引人

我和徐小婷有着同样的"不靠谱"性格。她将这种性格称之为"浑"。我觉得不是"浑"，是"傻"。傻到做很多事情不考虑后果，只考虑兴趣；傻到明明想好要去挣别人的钱，最后却总是让别人占了便宜；傻到都"压力山大"了，却还浑然不知；傻到摔得鼻青脸肿，依然斗志昂扬。记得有一幅漫画，画的是一把在炉子上的叫壶，配图文字是：做人要像壶一样乐观，屁股都烧红了，却还有心情吹口哨。

徐小婷就是这样一把可爱的壶。

和徐小婷认识是在十年前的北京。那时徐小婷还是中戏的学生，经人介绍来跟我学写剧本。徐小婷不是剧本写得最好的，但却是最忙碌的。她一会儿想做这个，一会儿想做那个，就像一只陀螺永远停不下来。我对徐小婷说，如果你把精力好好用在一件事情上，你一定能够成功。但后来我发现这是不可能的。

徐小婷就是徐小婷，你要压制她的兴趣和创造力？想都不要想。不要说徐小婷了，我自己不也一样嘛。坦白说，我基本就是一个大号的徐小婷。因为有很多的相似之处，所以十年来虽然我们接触并不多，但每次见面总是亲切如故。她会喋喋不休地和我讲很多很多她要做的事，我会兴致勃勃地给她出很多很多我认为好的主意……

后来，在徐小婷的介绍下，我认识了她的妹妹徐小娴，当时小娴正准备考大学，举棋不定。徐小婷让我帮着参谋参谋，结果我一参谋，就把小娴"忽悠"进了我们这一行。所谓"误人子弟"指的大概就是我这样的行为。不知道小娴会不会后悔？

小娴和小婷完全不同，她属于学霸型人才。目标明确，意志坚定，奖学金年年拿到手抽筋。这对姐妹性格相反却又正好互补，加在一起就是两个字——"完美"。

《我喜欢这样独立的自己》值得一读。她们的故事很平凡，但又很吸引人，他们的生活让我们懂得了一个道理：成功与否并不重要，重要的是要干自己喜欢的事，让自己开心。我们无法强求结果，但却可以让过程变得快乐！

顺便做个广告，我决定和徐小婷姐妹进行一次靠谱的合作——以她们姐妹为原型来做一个动漫作品《元气姐妹》，希望大家能从中看到自己的影子，也能更喜欢她们！

萧峰

著名编剧

自序

人生中的很多选择是无意的

　　我和妹妹相隔十年分别考上中戏，这是一所在胡同里的大学，无数艺术家从这个小胡同里走出，无数活跃在荧屏上的演员和幕后制作人员都是我们的师兄弟师姐妹。

　　在同一个家庭长大，在同一所学校念书，我们姐妹俩的人生轨迹有很多交集，但实际上我们是两种性格的人。如果说我是感性的，妹妹就是理性的。我身上显现出来的更多的是职业女性气质，做任何事都风风火火，所有的想法和策划几乎都带着商业性。而妹妹是典型的学霸，从小到大在学业上都非常优秀，大学期间，每年都拿国家奖学金，被评为优秀班干部、优秀党员。

　　我特别庆幸家里有一个比我小十岁的妹妹，不仅在生活中给我独生子女不可能感受到的情感依偎，在工作、学习中，妹妹也是我一个很贴心的交流伙伴。

　　妹妹去参加艺考，是我陪同的。从高二开始，我就一直引导她，希望她可以从事和我一样的职业。我在家很喜欢和家里人交流我的工作，每年寒暑假我都会让妹妹参与到我的一些拍摄工作中。慢慢地，她也开始感受到这个行业的魅力。有一天她终于跟我说，她想在不影响文化课的前提下，用一个半月的时间准备艺考。

我并没有对她进行过特殊的艺考培训，但是我在上大学前后买了很多跟专业有关的书，我把这些书都拿回家，甚至把我当时准备考艺术硕士的参考书都拿回家给她看。

我们姐妹俩有一个共同的爱好就是阅读。读过的书改变了我，让我在年纪轻轻的时候就有了开阔的眼界，眼界可以改变一个人的命运和性格，人生中的很多选择是无意的，而这些看似无意的选择，其实与你的眼界息息相关。

我希望把自己的经历分享给其他人。我一直认为人在世上最大的追求就是获得认可，而获得认可最有效的途径就是把自己的所想所做所见所闻与他人分享。

这本小书里面有各式各样的人物，各种各样的故事，还有我和妹妹的 E-mail 往来，我们常对同一个话题发表不同的看法，并相互影响。我们在书中讲述了我们的成长故事，希望能给前行中的人们带去力量。

徐小婷

我不会停下来

每次别人问我怎么会和姐姐考同一所大学时，我都会毫不犹豫地承认是受到了姐姐的影响。姐姐对我的影响非常大，她让我知道了中戏，也让我接触到这个行业。

在我上小学二年级的时候，有一天，爸爸妈妈和背着大书包、拖着行李箱的姐姐去了一个叫北京的地方。二年级的我只知道爸爸妈妈送姐姐去上大学了，看着妈妈发红的眼睛和不舍的眼神，我也有点忧伤。

姐姐上大学后，我唯一的感觉就是家里每天陪我玩的姐姐突然不见了。没多久就开始每天哭着要给姐姐打电话，一开始感性的妈妈看见我哭，她也会跟着我一起流眼泪，过了一段时间后，妈妈可能觉得烦了，让我不要哭，想姐姐的话以后就考到北京的学校跟姐姐一起上学。这是我第一次产生强烈的欲望——我要到北京和姐姐一起上学。

仿佛是意料之外，但似乎又在情理之中，十年后，我来到了中戏。

　　进入中戏后，我觉得自己在改变的同时也一直在坚持做自己。身边有非常多优秀的同龄人和德高望重的前辈，他们是我学习的榜样和人生的向导。

　　很荣幸能通过这本书和大家分享我的成长经历，让大家看到我和姐姐之间的沟通过程，我很感恩有一个大我十岁的姐姐，亦师亦友，一直带着我成长。我也希望能尽自己的努力给她做出好的、积极的回应，让自己变得更好的同时努力给她温暖。因为她，我不会停下来；因为她，我不会孤单。

　　这本小书里充满了我们的喜怒哀乐，里面也会有你们想了解的艺考和中戏的校园生活，希望你们看得开心。

　　我们在上电影鉴赏课时，老师曾说："你看到的、你感受到的，就是属于你个人的电影世界。"

　　我想读书也是如此。

徐小娴

目录

I · 姐姐 徐小婷

第一章

第二章

第三章

第四章

‖ II · 妹妹 徐小娴

第一章

第二章

附录

愿所有心怀理想的人不再迷茫。

I · 姐姐

徐小婷

　　我叫徐小婷，十年前，我从中戏毕业，成为了电视导演、媒体人和编剧。十年来，我买了十套房，开了两家公司、一家餐厅。回忆起来，但凡我想要做的，我都做成了。

　　经常会有朋友来问我，中戏好考吗？其实，考进去的人都说好考，没考进去的人都会认为特别不好考。毕竟每年都有成千上万的考生去挤中戏这所重点艺术类院校的门。

　　我一直相信心有多大，舞台就有多大。一路走来，我想我是幸运的，成长中得到幸运的那一点点技巧，我希望能够分享给更多的人。如果我的这些文章能够让大家对中戏这所学校、对传媒这个行业、对影视这个圈子多一点了解，那我也就找到了我文字的意义。

　　愿所有心怀理想的人不再迷茫。

I

第一章

我能考中戏吗？看着电视上、杂志里那些从中戏毕业的演员和导演，男生个个都是一米八的大高个，拥有帅气的面孔。女生个个身形纤瘦，一米六八以上的个头。而我那时身高只有一米六，还有一点婴儿肥。我觉得自己太普通了。

"莫言中戏"

我想一个会对莫言感兴趣的人，应该也会是一个有趣的人。于是，我毫不犹豫地添加他为 QQ 好友。

高三的生活对我这种过分活跃，甚至可能有多动症的小孩来说，是非常苦闷的。每天最开心的时候是晚自习前半小时，根据我所在的英德中学的规定，这半个小时是全年级学生集体观看《新闻联播》的时间。

虽然学校的这个安排是希望我们在高考的政治考试中时事评论这一项不要丢分太多，但《新闻联播》竟成为了高三苦闷生活中的一剂"良药"，适度解乏的同时，又让我们看到最新的社会状况。

一般来说，看完电视后的十五分钟内，全年级会陷入一个"蜂鸣期"，到处都是"嗡嗡嗡"的声音，同学们除了发布一些观看《新闻联播》后的搞笑言论，就是调戏一下前后左右桌的同学，借借作业或者很积极地讨论一下数学题。

不过，这一切都会在班主任或者年级级长巡查走过教室窗口的时候戛然而止，同学们迅速恢复到埋头苦读的状态。

与其他同学不同，我拥有另一个世界，这个世界藏在我的课桌抽屉里，那里放满各种好看的大师作品。记得有一段时间，我被余华的小说《活着》感动得一塌糊涂，常忍不住哭得稀里哗啦的，为此还被我们班长嘲笑。余华是我高三时最崇拜的作家，无论是《许三观卖血记》还是《活着》，都让我看到父亲的伟岸和无言付出。

那时候，我跟父亲的交流很少。我爸爸是一个慢性子，他从不给我压力，却一直在默默关注着我的成长。在我的记忆中，无论我做什么决定，我的父母都不曾阻止过，他们总是会耐心地倾听我的想法，然后给予支持。

当然，在我的成长过程中，我也从未做过任何出格和违背规则的事。爸爸给我印象最深的一句话就是：人要不卑不亢，能屈能伸。他还说如果有同学欺负我，他就到学校去见见欺负我的人，要给他"上上课"。爸爸的这种教育让我从来不怕被人欺负，当然我也不会去欺负别人，因为不想被别人的家长"上课"。

英德是广东省最大的县级市，过去我总是这样介绍我的家乡：地貌广阔，山清水秀，人杰地灵。我上高中时，英德还没有高铁，从这座小城到广州或韶关，不论是坐火车还是自驾，都需要两个多小时。现在回想起来，真是要感谢 TVB（香港电视广播有限公司）和 ATV（亚洲电视），它们的电视节目丰富了我的童年生活；我想也应该感谢小城的封闭，让我们没有那么大的升学压力和城市压迫感，没有太多的课外辅导和补习班，可以很自由很快乐地成长。那时候的我，总喜欢骑自行车穿梭于这座都市大大小小的街道。

我特别喜欢交朋友，我们班下课之后都会有很多别的班的同学走进来，都是来找我玩的。我的话总是特别多，我会把每天听来的笑话和在书里看到的有趣的内容跟大家分享。跟大家分享我的观点是我每天都必做的事。

也正是这个话痨症，导致很多人都觉得我是个很有创意、很有想法的人，而实际上我的很多创意都是在我阅读的过程中形成的。这种不断得到肯定又不断更新自我的体验让我越来越喜欢阅读和交流。

高三那年，腾讯 QQ 刚刚推出，网吧开始在街头出现。通过网络，我突然发现，除了身边的同学，竟然还有机会认识其他任何地方的朋友。

这种感觉太奇妙了。

我开始每个周末去网吧上 QQ、上论坛，搜索那些我想知道又不了解的事情和地方。

有一天，我的 QQ 消息里出现了一个闪烁的头像，这个人叫"莫言中戏"。我对莫言还是很感兴趣的，我想一个会对莫言感兴趣的人，应该也会是一个有趣的人。于是，我毫不犹豫地添加他为 QQ 好友。后来才知道，这个人和莫言没有任何关系，他跟中戏有关，但是我当时根本不知道中戏是什么。

就是这个"莫言中戏"开启了我和中戏之间的缘分，当中戏开始出现在我的生活中时，一道改变我命运的闪电出现了。

成长的过程中，我们会不断认识各行各业不同类型的朋友，说不清这是命运的安排还是碰巧的缘分，这些朋友的出现可能就帮你把另一个世界的门打开了，把你引入到一个你完全想象不到的未来。

要有相似的气场 | 原来只有在电视上才能看到的人，我通过书信、电话、网络视频与他们渐渐熟识。

关于那个闪烁的头像，我以为会是像我一样的文学爱好者，我们可以一起聊聊莫言，聊聊莫言写的那些故事。

没想到，这位QQ上的哥哥跟我说，他不是因为莫言取的这个网名，而是因为中戏取的这个网名！当时我并不知道中戏是什么，所以我开启了搜索引擎，输入"中戏"这个词后，我与它的缘分也就开始了：

中央戏剧学院（The central academy of drama）是教育部直属院校，是中国高等戏剧教育联盟总部、亚洲戏剧教育研究中心总部和世界戏剧教育联盟秘书处所在地，拥有联合国教科文组织戏剧教育席位。作为新中国第一所戏剧教育高等学校，它的历史可以溯源至1938年4月10日成立的延安鲁迅艺术学院。1949年12月，中央戏剧学院正式开办；1950年4月2日，召开了中央戏剧学院成立大会，毛泽东主席亲笔题写校名。

无论是过去还是现在，大家对自己的网名都很重视，虽然是在网络上虚拟的身份，但是它在某种程度上代表了我们的个性、背景和想象。"莫言中戏"是如此，我也是。

上大学后，我的 QQ 网名一直是"东棉花胡同 39 号"。东棉花胡同 39 号是中戏的地址，这个网名我用了十五年，是我的一个情结，和所有的中戏人一样，那是午夜梦回的地方。

"莫言中戏"哥哥当时是中戏大二的学生，他叫关皓，是中戏影视导演专业的第一届学生。他给我讲中戏的故事，讲他的戏剧梦想，讲他看过的剧本，讲学校里排戏的故事，介绍他表演系、导演系的好朋友。就这样，我开始拥有一群大学生朋友，而且他们的影视作品后来都在荧屏上风靡一时。高大帅气、青春靓丽的外形配上他们讲电话时的话剧腔，对于当时连普通话都说不好的我来说简直太让人陶醉了。

这群明星摇篮里的哥哥姐姐们让我有一种开眼的感觉。原来只有在电视上才能看到的人和表达方式，我通过书信、电话、网络视频与他们渐渐熟识。看起来好像距离很远，他们在北京，我在广东的一个小城，但感觉又是那么近，仿佛我第二天就可以和他们在一起学习。每一次交流我都有很多新鲜感，为了和他们有更多的交流和话题，我以他们说话的内容为线索去看书、去翻剧本，每次有一点心得，我就迫不及待地写信寄到那个叫"北京东城区东棉花胡同 39 号"的地方。

那个时候，学校里有一台公用电话，我每周都会把一些好玩有意思的事写出来，然后打电话跟"莫言中戏"哥哥分享。刚开始的时候，我和他简直就是鸡同鸭讲。我听不懂他无敌卷舌的普通话，他听不懂我捋不直舌头的"煲冬瓜"（普通话）。

通了八次十次电话之后，我们终于可以正常交流。我的普通话也慢慢被纠正过来了。

不知从什么时候开始，我竟然一眼就能分辨电视剧里的哪个演员是中戏毕业的。科班出身和非科班出身的演员非常好分辨，中戏毕业的演员和电影学院毕业的演员更是有很明显的区别。

因为中戏是戏剧学院，演员更高大、沉稳、帅气，气质和表演方式、说话的方式都带着隐隐约约的戏剧范。电影学院的演员表情看起来比较自然，更青春靓丽更具有时尚感。这是我在没上中戏之前就已经拥有的基本分辨力和感受。

每一个地方和在这个地方生活的人都有相似的气场，互相吸引。要融入一个环境，根植在一个地方，拥有与之相吻合的气场非常必要。

第一次当编剧 ｜ 照着看了两个小时 VCD 的感觉，顺藤摸瓜地把小品写了出来。

　　我念高三的时候还分科目班，我选的是文科班。我们班里有四十多个女生，只有十多个男生。四十多个女生里面有七八个女生是学音乐的，准备要考艺术类的音乐专业。艺考生们在高三几乎就已经不见踪影，整个文科班的斗志也并不如理科班高昂，同学们都带着更轻松的心态，大家每天都说说笑笑的。当时正好学校有个晚会，我们年级要出一个节目，在高三要找一个有时间、有创作力、有兴趣做这种文艺项目的班也就只有文科班了，文科班的同学，熟练掌握各类公式的不多，但熟读文学作品的可不少。

　　大多数班级对这种文艺晚会多只是应付了事，最简单的处理办法就是看看有没有能唱歌的人，一旦找到能唱的人，一个人就能把整个活儿给揽了，来个伴奏就能唱。实在没有能唱的，就看看有没有能跳舞的女生，组织几个女生，挑首曲子，就可以排个舞蹈，穿得夸张一点，漂漂亮亮的，没准还能拿个奖。但天知道我们当时是怎么想的，我们班竟然决定要出一个小品节目。

　　绝对不会有人主动要求出小品！除非是被逼的！

做小品实在太难！首先你得有个主题，这个主题得符合文艺晚会的主旋律，然后你还得有个编剧，剧本得写得特别有意思。有了小品的本子，你还得找几个演员。演员可不好找，因为在小品里没有跑龙套的，上来就是主角。找到了演员，还得有一个导演，那时候谁也不知道导演是什么样的。其实那个项目负责人就是导演了，这个人不仅要找到演员，给演员定位，教演员表演，还得配音乐，研究在舞台上摆放些什么东西，演员怎么走位。

那时我已经有了几个中戏的朋友，写小品剧本让我产生了极大的兴趣。小品这个事情到了我们班，眼看着就必须是我的活儿了。

但是剧本还真的没有写过呢。不过没吃过猪肉，还没见过猪跑吗？从小到大，看电视里的文艺晚会，我最喜欢看的就是相声和小品。我去音像店买了很多小品的VCD，回家看了一遍又一遍，找这些小品的共通点。艺术总是来源于生活，浓缩到小品、相声这种人民群众热爱的表现形式里面，当然少不了要放更多的哏在里面。我就照着看了两个小时VCD的感觉，顺藤摸瓜地把小品写了出来。

没想到这个小品演出的时候把同学们都乐得在地上打滚。虽然我没有上台做演员，但是文艺晚会结束以后大家都在打听这个小品是谁写的、谁导演的，大家都在夸这个人太有才了！

从那时起，我心里开始有了对演艺事业最初的认知，

一个好的作品，不仅能让大家看到台前的演员，也一定会
让大家关注到幕后的工作人员。

学好数理化不如说好普通话

> 想要说一口漂亮
> 的普通话，最好
> 的办法就是拼命
> 听、拼命说。

　　那次小品演出后，同学们开始鼓励我去考北京广播学院，因为我在学校里还算是普通话说得比较标准的，所谓的比较标准就是起码我能分得清 z、c、s 和 zh、ch、sh。

　　那时候的北京广播学院，也就是现在的中国传媒大学，非常有名气，几乎所有我们在电视上看到的主持人、主播都是从这里毕业的。当时如果能考上北京广播学院，几乎就已经是准播音员了。在广东要是能考上北京广播学院就更了不得，因为地道的广东人几乎就没有能把普通话说溜的，那时候，学校里普通话讲得最好的语文老师都带着浓郁的湖南或者江西口音。

　　英德和广州、深圳不一样，广深可能会有很多新广东人，南北人才汇合。在那时候的英德中学里，除了我这种在英德城区长大的孩子，就是各个乡镇考到市区里来上高中的孩子。大家最熟练掌握的语言就是英德口音的广东话、客家话和广东口音的普通话。

　　我为什么普通话说得还算可以，那是因为我从小就希望自己能做个广播员，尤其爱听半夜电台，在这里可以听到很多人讲述自己的心事，午夜 DJ 通常都会用带磁性的声音说一些似有诗意其实无实在意义的话。

听电台的时候，我会觉得很好笑又很羡慕，大家都在做一些无谓的诉说，然后主持人有一搭没一搭地回复。那种感觉就好像是这些打电话进来的人所讲述的烦恼都是过眼云烟，但是却让听的人沉醉其中，无意中就缓解了心酸，解开了心结。从那时候起，我就特别喜欢能说一口漂亮普通话的人。

想要说一口漂亮的普通话，最好的办法就是拼命听、拼命说，这跟我们当年学英语是一个路子——看各种美国电影，然后背台词。从小到大，我都有收集报纸和杂志的爱好，上大学后我开始收集剧本。我是有一点恋书癖的，从《小小说》《微型小说》到《少男少女》再到各种名著、漫画、杂志，我都热衷收集各种版本。自从能分辨什么是好听的普通话和不好听的普通话之后，《新华字典》对我来说就成了随身必备品。

我开始在家里对着镜子自言自语，开始绘声绘色地读故事书，一有不认识的字，不确定的读音，就把我的"神器"——《新华字典》拿出来。任何事情，付出就一定会有收获，用这种方式学普通话，不到一个月，我就成了全班普通话说得最好的人了！

上课回答问题时，同学惊讶羡慕的眼光让我获得了某种成就感。

　　说真的，当年在高中学的数理化我已经忘了百分之九十，上大学之后，艺术类院校没有数学课，除了加减乘除，几乎没有什么机会可以用到其他数学知识，化学和物理就更没有"用武之地"了。倒是说好了普通话，走出广东我都不怕了。

　　可以说，整个高中时期，《新华字典》给我的帮助是最大的！

我要考中戏

中戏所在的这个小胡同特别不起眼，单车道、老房子，但就是从这个老旧的小胡同里面，走出了多少艺术家！

虽然我已算是班里普通话说得好的人，但当我和"莫言中戏"哥哥提及想考广播学院时，我的普通话还是被严重"鄙视"了。

"你可以考虑一下来考中戏，我觉得你倒是可以来试一下导演系。"挂电话之前，他抛给我这样一句话。那个晚上我想了一整夜，他不是第一个叫我考中戏的人。上初中的时候，我有一位同桌，因为我上下课爱说话，她被我烦得不行了，有一天，她突然跟我说：你这么能讲，不如去做导演吧！

但我能考中戏吗？看着电视上、杂志上那些从中戏毕业的演员和导演，男生个个都是一米八的大高个，帅气的面孔。女生个个身形纤瘦，一米六八以上的个头。而我那时身高只有一米六，还有一点婴儿肥。我觉得自己太普通了。

不过我还是开始想对戏剧、电影多了解一点。学校有一间阅览室，每天下午放学后开放，但是很少有同学会在里面看杂志、报纸，更多的人会带上自己的课本来复习、预习功课。有一次我作为学生部干部去值班，突然发现里面有好多好看且很难买到的专业杂志，比如《电影海报》《看电影》《戏剧周刊》。我每天巴望着快点放学，一放学我就跑到阅览室看各种各样的杂志，直到阅览室关门。

我从这些杂志里面了解到了很多明星的考学、成名历程，杂志刊登的人物访谈给了我很多鼓励，我看到一个又一个和我一样平凡的普通人成长起来，成为明星、走进大银幕、走向国际！

"莫言中戏"哥哥跟我说过一句话："中戏所在的这个小胡同特别不起眼，单车道、老房子，但就是从这个老旧的小胡同里面，走出了多少艺术家！"

我开始被这个小胡同吸引，虽然那时我从未走近它。

于是，我决定要考中戏。比下决定更难的是准备具体的考试，有什么专业可以考？要考什么内容？在哪里考？什么时候考？我一无所知。但我知道考中戏跟考其他普通综合性大学不太一样。中戏作为专业类院校，有一个很详细的属于自己院校的专业招生简章。在当时，招生简章可不是随便在网上一查就能找到的，我们得写信去索取，然后由学校邮寄过来。

写到这里，突然好怀念当年的书信年代，单纯、稳固。

第二章

Chapter 2

如果不让我去，我会后悔，因为曾经有机会摆在我面前，我没做。如果我去了，没考上，那我不会有一点遗憾，因为我尝试过，虽然不行，但是我没有放弃过机会。我很幸运也很庆幸，我人生的方向盘一直都掌握在自己的手里。

一句话打动了妈妈

任何一个机会摆在我面前，我只会选择尝试，不会放弃。成，就是我的，不成，无憾！

收到中戏的招生简章是一件让人很激动的事，展开目录，看到太多我尚不知道的专业介绍。从前我只知有表演系和导演系，却不知原来戏剧学院里面还有人才辈出的戏文系和舞美系等，多少名家不露真颜却大名鼎鼎。到了2000年，中戏开创了电视艺术系，也就是现在的电影电视系，其中影视编导和影视制片管理专业非常知名。

中戏每年专业招生考试设的考点不多，分别在北京、上海和重庆，在广州设过两三次考点，后来因为招不到好的生源就取消了。每个考点的考试时间不一样，在我收到招生简章的时候，离重庆考点开考只剩下十天的时间。

如果错过重庆考点的考试，我就只能在春节前去北京考。对一个从未出过远门的女孩来说，要去这么远的地方参加考试，还是有些疑虑的。要说服自己好办，但父母的担心很难消除。出远门这种事，有了第一次后，你就会不断地去尝试。你的人生纬度也因此改变了。

如果说上小学的时候，大家都觉得我们家的宅子特别大的话，到我上高中的时候，我们家就变得特别小，因为人多起来了。家里除了爸妈和我，还有妹妹、弟弟、叔叔、婶婶和两个堂弟。

我爷爷曾经是当地最大的商行创始人，喜欢收集字画、盆景。爷爷过世后，我开始发现爸爸和叔叔的某些习惯——爸爸喜欢在墙上贴海报和地图，叔叔则喜欢抄名人格言，家中所有的日历、挂历上，都写满了各种格言。不过，在我看来，爸爸和叔叔虽都满腹格言，却没有按格言所要求的那样拼尽全力。当然，这也可能是时代和社会环境的原因。

我不一样，我从书上、电视上看到的，我也希望在现实生活中见到。当我决定要考中戏后，我在爸爸贴的中国地图上用红笔把几个考点圈了起来。

我妈妈是个很勤劳的传统家庭主妇，每天早上五点多就会起来给我们做早餐，安排一天的工作，中午和下午都会赶到家里为全家做好饭菜。我最喜欢做的事情就是在她做菜的时候，靠在厨房的门边上跟她说学校里面的趣事。我和妈妈基本上无话不谈，她对我的同学都非常了解，知道我有个中戏的笔友，也知道我想考的中戏是所什么样的大学。当我跟她提出自己去重庆参加考试的时候，她迟疑了一下，并让我跟爸爸商量。

当我指着地图上用红笔圈出的北京、上海、重庆跟爸爸说要去其中一个城市参加考试时，他拒绝了我。随后的三天里，爸爸跟我讲了各种恐怖的拐卖、诈骗事件。

爸妈的反对并没有打消我的念头，我开始在心中下定决心要自己一个人出省赴考。我开始研究路线，跟班主任请假，在老师看来，我简直是异想天开，连续三个晚自习，班主任都把我叫到门外，苦口婆心地教育我要好好学习，不要做一些不切实际的事。不要对不可能的事抱有幻想！

几乎所有人都认为，考中戏是一件无意义的事情，但对我来说，这是我的梦想，是我前行的动力。为了说服妈妈，我哭了三天求她并告诉她，一定要让我去做这个尝试，如果不让我去，我会后悔，因为曾经有机会摆在我面前，我没做。如果我去了，没考上，那我不会有一点遗憾，因为我尝试过，虽然不行，但是我没有放弃过机会。

也许是这句话打动了妈妈，她同意了。这句话后来也成了我人生的准则，任何一个机会摆在我面前，我只会选择尝试，不会放弃。成，就是我的，不成，无憾！

重庆单刀赴考

我一说话，老师们就笑，"这孩子广东味很浓啊！"我说："我的广东腔有这么明显吗？我已经把舌头卷得不能再卷了。"

　　我带着在广州购书中心买的三本书——《美国编剧法则》《电影蒙太奇》《艺术概论》，准备一个人去重庆参加专业考试。

　　妈妈特意给我买了一件新的羽绒服。在广东，我从来没有穿过羽绒服，所以这件羽绒服显得很特别，它陪伴了我的第一次出省旅程。妈妈取了几千元现金给我，为了防被别人一次性盗取，她让我分别放在书包、口袋和箱子里。现在想起来就觉得好笑，几乎全身上下都藏了钱。在此之前我也从来没有带过这么多现金上街。

　　我的表姐是世界上最支持我的人，从小到大都将她最好的东西给我。本来我已经做好坐长途火车的准备，她却给我买了一张飞往重庆的机票。左右托了一圈人后又帮我联系到了一个在重庆大学教书的姐姐，安排我住在她的宿舍里。

　　就这样，我飞到了山城。穿城而过的缆车，上下坡上漫步的美女，围坐在一起的"棒棒"……下了飞机坐车到市里，再打车到考点——重庆大学，我在路边吐得站不起身来。很难受却也很开心，像一只挣脱束缚的小鸟找到了自由，身上还有关在牢笼时留下的痛，但心里有抑制不住的兴奋。

重庆大学是我走进的第一所综合性大学，我感觉自己在里面走多久都不会累。看到的景象和我在中学看到的差异太大了，在我的高中，大家都行色匆匆，生怕浪费一秒钟。而这里的草坪上、长椅上、湖边上都是散落的大学生，或在谈恋爱，或在看书，或在念英语。感觉跟天堂似的。是的！"莫言中戏"哥哥没有骗我，大学真的跟天堂似的！

我不知疲惫，到考点报了名后开始在校园里绕来绕去，和一同来考试的同学打招呼。大部分同学都是和父母一起来的。报名的时候，家长们看起来比考生还要紧张。我一直游荡在招生报名点不愿意离去，招生办的老师忍不住问我："同学，你是一个人来的吗？你爸妈呢？"

"我是自己来的。我爸妈都很忙，我自己从广州来的。"我一说话，老师们就笑，"这孩子广东味很浓啊！"我说："我的广东腔有这么明显吗？我已经把舌头卷得不能再卷了。"老师们又笑了。

当年的我和现在的我一样，知道自己有很多不足，但胆子大。谁都不是那么完美的，有弱点的你不是更真实、更让人喜爱吗？

就这样，我在报名点把来报名的有意思的同学认识了个遍。后来发现，那么巧，同我聊得来、志趣相投的那一小戳人都被万里挑一，成功考上了中戏。

被孤单打开的世界　│　这就是中戏人的气质：舞台上
演别人，舞台下做自己。

　　除了表演专业，我报了中戏在重庆设有考点的其他所
有专业。

　　来考表演专业的同学都长得特别漂亮，而且每个人都带
着很专业的才艺而来。唱念做打，只要是你所知道的才艺，
都有人展示，而且还都特别厉害。考场里不断传出各种乐器
演奏的声音。他们背着各种乐器来考试：大中小提琴、二胡、
古筝、笛子，还有的同学甚至把整套架子鼓运来了。我没有
这样的才艺，我都不敢去报考。

　　其实后来考上表演专业的同学并不一定都会吹拉弹唱。
表演是一门综合艺术，除了外形、相貌、气质、才能的展现，
我想更多的还是情感表达。

　　但我报考的部分专业在考试时也有才艺展示环节：即兴
表演。更可怕的是，我在自我介绍完后居然笑场了！在别人
自我介绍的时候，我也忍不住笑了。到底为什么会笑我已经
忘记，但当时我被考官很严厉地批评了。这种态度是对在场
人员极大的不尊重，但当时的我没有意识到。

　　从考场出来，我突然意识到自己的错误，"哇"的一声哭

了出来。一个人在外地的恐惧、错误可能带来的落选结果、被严厉批评后的羞愧，一下子全都涌来。我哭得不能自抑，吓到了考场外的所有同学和老师。

我就这样不顾一切地发泄着自己的情绪，以至老师和同学们都纷纷来安慰我。也许是这场大哭引起了大家的注意，我一下子就成了考点的名人——那个考场外大哭的广东孩子。

接下来别的专业考试，我变得沉稳起来，仿佛一下子长大。人在压力特别大的时候确实很容易崩溃，哪怕前一秒伪装得很好，嘻嘻哈哈，但只要稍微被击中，悲伤就会像泄洪的堤坝，挡也挡不住。不过发泄完之后，负能量就好像被散尽了。总不能一直低落下去，然后就会开始好好总结，想想我接下来要做些什么，以便可以表现得更好。

两天的专业考试让我受了不少打击，看着别的考生都有父母陪同，而我自己孤身一人，多少有点失落。不考试的时候，我就一个人在重庆大学里溜达。

这种一个人闲逛的孤单，让我开始多愁善感，想象力像突然从牢笼里释放出来，跑到了未知的大千世界。从小到大都没有过的那种自由无束的感觉一下子让我灵感如泉涌。在山城的上坡下坡，我把我的所有行囊——三本书、六件衣服装在书包里背在身上，十七岁的我第一次见到满锅红油的火锅，见识到了三步一个"林青霞"五步一个"张曼玉"的美女之都，第一次感受雾都的雨想来就来；第一次看到解放碑的人潮汹涌，第一次见到长江……

　　我感觉自己的世界突然被打开了，过去与未来的画面都在我眼前一一展开。那些我认识的不认识的人，他们的人生都在我的脑海里显现。我感觉自己看到了他们的生活，看到他们的父母、老婆和孩子；看到了大街上一前一后走着的情侣的心中所想；看到了吃着火锅唱着歌的那些不认识的面孔，他们虽然住在只能放下一张床的房间里，依旧可以欢声笑语……我觉得这个世界好奇妙。

　　接下来的编剧专业和制片专业考试，我都考得出奇地顺利，一试、二试、笔试、面试统统都过了。编剧专业面试时，考官问我最喜欢的作家和最喜欢的小说，我给出的答案是余华和他的《活着》。

　　遭遇过挫折、感受过孤独之后，我仿佛突然拥有了一双发现故事的眼睛。世界就是个大舞台，我们谁不是在戏中演自己？这就是中戏人的气质：舞台上演别人，舞台下演自己。

这个秘诀我只告诉你

你若彷徨，那便不是你的安身之地；你若自如，那便是你的舞台。

　　没考上中戏时，看重庆大学影视学院表演系的男生女生都带着崇拜的心情。偶尔听见他们在我们考场隔壁的教室里练声或者练台词，感觉自己频频被"电到"。

　　那时的影视学院很流行由明星来担任院长，重庆大学的影视学院院长是张国立先生，暨南大学影视学院的院长是张铁林先生。艺考可以说是我人生中第一次如此近距离地接近演艺圈。参加考试的那一周里，我一度觉得自己也被明星的光圈笼罩。

　　在北京，中戏、北京电影学院、中国传媒大学（以前的北京广播学院）是最牛的三大影视戏剧、舞台艺术类院校。

　　北京电影学院培养了许多国际导演，对中国影视发展产生过巨大影响，在电影学院里，很明显地感受到电影学院学生的自信是来自才华本身，无关相貌。

　　中戏培养了无数演员、导演。他们气宇轩昂、走路带风，举手投足都有戏与魅力。他们不是吃青春饭的，靠着内心的感悟和对戏剧作品的理解，他们越成长越稳重，越成熟越吃香。

　　中国传媒大学则培养了半个中国的主播和主持人。这里的学生一个个外表正气，说起话来字正腔圆。它是一所综合性大学，文化分要求很高。

到北京舞蹈学院，你又会发现一种新的学生风貌：学生一个个仰头走八字步，腿长腰细，脸蛋娇俏。舞蹈学院学生的身段都是打小就练出来的。

一圈看下来，每个学校的氛围以及学生的气质很不相同。

参加完专业考试后，我回到高中校园，所有的同学都觉得我有一种难以描述的气质上的变化。从那个时候起，我就知道，一个人的心态、眼界和理想的变化真的会改变整个人的面貌，这种变化是由内到外的。

每个人的气质是不一样的，但会相互影响，这就是为什么有时候我们和某些人相处后，会觉得她越看越好看，或者觉得某些人虽然五官不是严格意义上的漂亮，却仍然觉得她身上有难以言喻的美和高贵，让人看起来很舒服。

十年后，到我妹妹去考中戏的时候，我对她说，到考场走一圈，如果你认真观察，就能看出哪些人将来会成为你的同学，也能知道你自己能不能走进这个校园，因为这一切都可凭气质推断出来。

你在其中会有感受，你若彷徨，那便不是你的安身之地；你若自如，那便是你的舞台。这个规律很适用，在美好的地方，我们应让自己的气质尽量与之相似，那样便会在那里大有可为。如果一个地方让你如坐针毡，那也不必彷徨，沉稳地感受一下，从你的渴望出发，在你内心中寻找出哪怕是一点点的相似之处，然后把它放大，没准你就会融入那个磁场。

　　这个秘诀，我从来没有告诉过别人。它绝对是一个珍贵的成长技巧！

选专业

每个专业、每个行业里，那些资历和能力到位的人，都可以有话语权。

回英德后，我恢复了枯燥的高三生活。等待结果的日子非常难熬，没有人知道我能不能成功，但我心里隐隐觉得自己已有一只脚迈进了中戏。

我的高中同学对我在艺考中有三个专业进入最后一关表示不可置信。有些同学流露出后悔的神情，他们大概在后悔当初没有和我一样勇敢地去追求自己的理想。

当然我也无法肯定我就成功了。我在考场上认识了三个好朋友，他们分别是后来考入戏文系的贺同学、编导班的小倩，还有后来和我同班、现已是著名出品人的老朱。我们互相留了各自家里的电话，大家一周总要通一两次电话，彼此打听对方有没有收到来自北京的挂号信。这个挂号信对我们来说太重要了，里面装的专业考试合格证正是我们日期夜盼的。

最终，贺同学、小倩、老朱都陆续收到专业合格证，而我则收到了三个专业的合格证！那可能是我人生最重要的时刻，今天的我与那些难忘的选择息息相关。那些重要的选择决定你的方向，无论走哪个方向，你都不可能回头，因为回头再也不是原来的人和事。

基于对自己专业排名的预测，我的选择在制片和编剧这两个专业上徘徊。我们家没有人从事文化艺术方面的工作，到底是应该选制片专业还是编剧专业，我爸妈和老师都不能给出专业的意见。甚至有人听说我考上了中戏，以为我要去学唱戏——有人问我，你一个广东人为什么要去学唱京剧呢？

我已经准备去学编剧专业了，一天妈妈和我走在路上，遇到一位久不见面的远房亲戚——三叔公，寒暄过后，三叔公问我要考什么大学，我妈热情地把我考中戏的过程讲述了一遍。我以为三叔公会和别的长辈一样以为我要去学唱戏了，正准备告诉他我不学唱戏，也不是要做演员时，三叔公竟然严肃地给出建议说："你一定要选制片专业！因为制片人是这个行业里最有话语权的人！要做就做行业里最有话语权的！"

后来我才知道，三叔公这句话并不全对，制片人确实在整个影视制作环节中有非常重要的话语权，但是每个专业、每个行业里，那些资历和能力到位的人，都可以有话语权。但三叔公当时给了我很大的启发，我想做那个有话语权的人。于是我和妈妈说，我要选制片管理专业。

这完全是我自己的决定，我很幸运也很庆幸，我人生的方向盘一直都掌握在自己的手里。

第三章

Chapter 3

通过我的镜头，我看到的一家人并没有我们平常在电视上看到的苦难。相反，他们乐观地生活。后来同学和老师看到我拍的这个片子，都非常感慨。

胡同里的大学

那时的南锣鼓巷是条冷巷，不像如今已成为熙熙攘攘的旅游景点，中戏就藏身在这里。

"好 yeah 啊，好 yeah 啊！"我妈一边擦着汗，一边对北京的出租车司机说。

司机大哥笑着问我："姑娘，你们是香港人吗？你妈说话挺有意思。"

"我们是赶猪的！"我妈妈的普通话确实有点吓人，不是一般人可以听懂的。爸爸的普通话就要好多了："我们是广州来的，不是赶猪的，刚刚孩子她妈说的是好热啊，北京比广州要热多啦。"一车人哈哈大笑。

那是 2002 年的北京，三环外还是郊区，中戏在二环以内的东城区，夹在平行的平安大街和鼓楼大街中间。那时的南锣鼓巷是条冷巷，不像如今已成为熙熙攘攘的旅游景点，中戏就藏身在这里。在南锣鼓巷和东棉花胡同之间，唯一一栋明显的建筑就是逸夫剧场。

逸夫剧场跟首都剧场、人艺、国家大剧院等其他任何一个剧场、剧院比起来都太小了。不过，它虽然小，却很庄严。艺术是严肃的。逸夫剧场旁边就是中戏的操场，操场的两边分别是宿舍楼和图书馆、留学生楼。从操场往前走就是两栋教学楼。教学楼中间有个小花园，小花园里面有戏剧家欧阳予倩先生的铜像。操场很小，国旗在整个学校的正中间。

这个小小的篮球场，开学典礼的时候，就算全校师生站在一起，也还有一大半空地。当年的开学典礼上，徐翔院长说的一句话让我记忆犹新："欢迎加入中戏大家庭的大一新生们。整个中戏，所有师生就这么一千人，我们应该亲如一家。"

中戏人的确亲如一家。毕业很多年后，无论在哪里遇到中戏的师哥师姐，都会得到他们的照顾。我自己遇到师弟师妹，也会首先在心里认同他们的能力和实力，给他们帮助。

当年这条东棉花胡同东边连着北兵马司公交站，马路对面有个果木烤鸭店，北边是交道口，西边连着南锣鼓巷，雨儿胡同穿出去是地安门，四方四正的胡同，条条都有皇城根下的静谧气息，不喧哗，摸着胡同的墙身都能感觉到北京的正气。

我喜欢东棉花胡同，走在里面，身旁走过的都是俊男美女，来过的人都会对这里印象深刻。

初入中戏

声音在整个操场回荡，窗外常春藤随风飘荡，这是我很多年后回忆中最美的画面。

爸爸妈妈带着我来到中戏所在的东棉花胡同。妈妈是第一次到北京，第一次见到这么多好看的学生扎堆报到，看见我未来的同学，她心里全是骄傲。

当时学校只有一栋宿舍楼，这栋宿舍楼有四层，一楼二楼是男生宿舍，三楼四楼是女生宿舍。男女生同一个门进去，左右两边分开走，分别上楼。男生到不了三四楼，女生去不了一二楼。

宿舍的每一层楼都有一面两米长的大镜子，镜子的存在是为了提醒每个路过的学生要注重自己的仪表。我本是个大大咧咧的孩子，在中戏念完第一个学期后，整个人的姿态和面貌就变得与高中时完全不一样。学校里到处都是自信满满的同学，每个人走路都挺胸抬头收腹，久而久之，我也受到了感染。

我被分配到四楼向南的 406 宿舍，一间宿舍里有六个同学，六张书桌上面是床铺，书桌旁每人一个大衣柜，学校给每人发了一个荞麦枕头和一套床上用品。入学的第一天，爸妈趴在我宿舍的床上给我整理被铺，我终于意识到自己即将第一次远离父母独自在外生活、学习很长一段时间。

　　我们的宿舍除了我之外，有两个上海的同学、一个山东妹子、一个北京大姐、一个安徽淮南妹子。宿舍楼向南的窗户对着篮球场，对面是留学生楼和图书馆。学校有个道具房，道具房里有各种排练需要用到的服装和道具。有一次，舍友借了几个望远镜回来，通过望远镜竟能直接看到对面留学生楼的帅哥，把我们乐坏了！不过这种事情不能常干，没两天就被对面的韩国留学生发现了。

　　每天早上五点半就会开始听见操场上表演系的同学在练功："八百标兵奔北坡，炮兵并排北边跑。炮兵怕把标兵碰，标兵怕碰炮兵炮！"声音在整个操场回荡，窗外常春藤随风飘荡，这是我很多年后回忆中最美的画面。

每层楼都有人在谈分手

从她们或开心或烦恼、
或忧愁或伤心的表情中，
我基本能猜到通话的内
容。

2002 年，我上大学了，开始自由使用一台摩托罗拉手
机，但是打电话实在太贵，拨出和接通都要六毛钱一分钟。
那时候宿舍楼的每一层楼都有一部公用电话，几乎每个人
手里都有一张电话卡。

这几台公用电话，几乎 24 小时都在被使用，偶尔没有
人用的时候，电话铃响起，谁路过谁就会过去拿起话筒问找谁，
然后对方就会说："麻烦你帮我叫一下 xxx 宿舍的谁谁谁。"
接电话的同学紧接着就会对着走廊大喊："xxx 宿舍的谁谁谁，
有你的电话！"

现在回想起十五年前的大学生活，感觉就像在昨天。
大学第一学期，同学们守在公用电话旁哭哭笑笑地讲电话，
从她们或开心或烦恼、或忧愁或伤心的表情中，我基本能
猜到通话的内容。每天晚上回宿舍都能看到每层楼都有一
个女生一把鼻涕一把泪地在电话里谈分手。

第二学期之后，就很少再看到这种情形了。那时候开
始流行一种接电话不要钱的手机，叫小灵通。学生们几乎
人手一部手机、一个小灵通。巨蟹座的我特别抠门，每次

有人打我手机，我都会先掐掉，然后用小灵通回复过去。无论是多着急的电话，我第一个反应都是先挂掉。

一姐是导演系比我高一年级的师姐，她的分手后总会打电话给我，我是她在青涩年华里解读爱情时最忠实的听众。但是我特别怕接到一姐的电话，因为她一打电话来，就代表着我的电话费将大量流失。后来一姐跟我急了，说以后我要是敢再挂她的电话，她就跟我断绝来往。

我和一姐是为数不多的广东人，那些年考进中戏的孩子里广东人特别少，整个学校可能也就两三个。一姐和现在的尹姗姗老师比我早一年考进中戏，尹姗姗曾是"新概念"作文大赛的一等奖得主。两位师姐在广州都是出色的人才。

在我看来，很多时候，决定命运的不仅是你的背景和能力，还取决于你的眼界和格局，你的眼界高低和格局大小将决定你的一生。

根本没有校花

好看的女同学分别有唐嫣、毛俊杰、白雪、童瑶、沈佳妮、秦丽……数都数不过来。

我去重庆考专业的时候听人说，重庆是三步一个"林青霞"，五步一个"张曼玉"。但是如果到了东棉花胡同，这些都不是事儿了，几乎每走一步都是"章子怡"和"刘烨"。

传闻中，中戏和电影学院门口都停满来接美女的豪车。实际上并不是这样的，宝马、奔驰、路虎是有的，但有的是戏剧学院学生自己的，有的是家人的，但确实也有一部分开着豪车的成功人士以朋友身份来接送朋友。

据说每个学校的校花在学校从同学那里受到的待遇都不太友好，很多其他学校的同学会来问我们，你们学校的校花是谁啊？如果别的学校都有一个目标答案，那这个问题在我们学校还真是没有答案。因为没有最好看，只有更好看。无论男孩女孩只要走进中戏的大门都有种自带光环的感觉。每年二、三月都是艺考大军走南闯北的时光，中戏、电影学院、传媒大学门口都会聚集大批帅哥美女，最近几年几乎每年都有媒体在学校门口"街拍"。

虽说颜值高是先天的好条件，但这个社会可并不都是以貌取人。我从来不认为有怀才不遇一说，只要你有才，总有展露的空间，如果连展露的空间都找不到的人，也根本称不上有才一说。

我入学那一年是 2002 年，我觉得长得好看的女同学分别有唐嫣、毛俊杰、白雪、童瑶、沈佳妮、秦丽……数都数不过来。2001 级我觉得好看的女同学有张歆艺、牛萌萌、吕夏等。2003 级的张翰、张俪、王凯等都属于高颜值派系。

好看的同学太多，分不出谁是校花校草，而且很多当年觉得并不怎么好看的同学后来都星途坦荡，比如文章。

所有学生都向往的剧场

> 有时你眼角的余光一扫，就可能发现你旁边坐的观众竟是章子怡、汤唯、印小天或陈晓，一时内心激动不已。

在中戏里面，有个所有学生都向往的剧场叫做黑匣子，我在学校里看的第一场演出就是在黑匣子，那是表演系入学的汇报演出。每个学期的期末，表演系和导演系各个班的汇报演出剧目都将在黑匣子上演。

在黑匣子的演出是每个中戏学生学习成果的展示。从大一到大四，黑匣子里面装满了中戏学子的回忆，它几乎是每一个中戏学子的情结，哪怕是毕业多年以后再回学校，也一定要到黑匣子看一场戏才算过瘾。

每学期末汇报演出的时候，经常能看到返校的师哥师姐，有时你眼角的余光一扫，就可能发现你旁边坐的观众竟是章子怡、汤唯、印小天或陈晓，一时内心激动不已。

每年学校的汇报演出也是我展示自己强大朋友圈的时候，每次我都会邀请校外的朋友来看戏。也只有在这个时候，校外的朋友才有机会近距离地感受到我们的学习氛围和专业魅力。

当年我的一位在吉林艺术学院表演系上学的好友到北京，我邀请他到中戏的黑匣子看戏。看完之后，他拉着我在学校操场静坐了很久，我正猜测他想要说什么，不想他突然仰天长叹，懊悔自己当年没考上中戏，然后就哭了起来。我束手无策的同时又感受到了自己身在这个艺术殿堂的幸运。

2001级表演班的毕业汇报演出剧目是莎士比亚的《错中错》，我邀请了在北师大艺术学院学习的好朋友雯雯来看演出。这场两个小时的演出，让人不禁笑中带泪、泪中带笑。走出拥挤的黑匣子，我俩走在学校的操场上，雯雯大喊一声："徐小婷，我的研究生一定要来中戏读！"

看着北京满天的星星，我突然觉得很感动。于是我抱着她说："我希望你能成功！"

说完这句话，我们俩都不自觉地流出了眼泪。那种艺术带给我们的震撼我一直铭记到今天。而更让人震撼的是看到了一群人为了自己的理想努力拼搏的情景。

拉片

> 在别人看来，拉片辛苦、单调，但对痴迷于电影艺术的人来说，他们却乐在其中。

宿舍每天晚上 12 点熄灯。但熄灯后却越发睡不着，宿舍同学聚在一起聊曾经的理想、高中暗恋的对象、理想的男朋友、考中戏的经历、对未来的憧憬。随着日子一天一天地过去，大家的个性日益显现，每个人都会有自己的观点。

我们看了大量的电影，当时老师对我们的要求是每周至少要看两部影片。每个人手中都有一份长长的电影名单，其中绝大部分都是我们以前未曾听说过的。

如果说在南方的学校里，每个宿舍需共同购置洗衣机和制冷设备的话，在我们学校，几乎每个宿舍都得合伙买台电视机和 DVD 机。

晚饭过后，一个个宿舍就开始关起小门看电影。开始总是各个宿舍的五六个人挤在一起看，后来就变成几个宿舍的同学凑到一起看。大家都开始有意识地收藏自己喜欢的影片。后来学校为了让我们有更好的观影环境，在宿舍的地下室购置了多台电视和 DVD 机，专门开了一个拉片室。

拉片就是抽丝剥茧地看电影——一格一格地反复看、反复倒带（盘），同时分析记录下你所看的、所总结的。一格一格地看电影，深度解读电影，把每个镜头的内容、场面调度、运镜方式、景别、剪辑、声音、画面、节奏、表演、机位等都记录下来，最后总结一下。

读书百遍其义自见。看电影亦然。

电影专业修养的提高需要慢慢积累。在别人看来，拉片辛苦、单调，但对痴迷于电影艺术的人来说，他们却乐在其中。

"电影导师"

这个"五毛"同志其实是卖盗版碟的，他号称每张碟只赚五毛钱，所以大家都称他为"五毛"。

我上大学的那个年代没有智能手机、没有Wi-Fi，找影片资料比较困难。通常由老师先列出影片名单，然后同学们各自通过各种渠道去淘碟。Discman（便携式CD播放器）刚开始流行时，我们系的同学几乎人手一台。

当年的中戏门口有一个很有名的"五毛"。这个"五毛"同志其实是卖盗版碟的，他号称每张碟只赚五毛钱，所以大家都称他为"五毛"。

在盗版碟猖獗的年代，电影刚一上映，盗版商那就有得卖，多是枪碟（盗版碟的一种），枪碟的画质、音像效果特别差。复制碟的效果会好一点。

中戏学生要找的经典影片在其他盗版商那买不到，但"五毛"这儿有。他每天傍晚背着一个大背包来到校门口，不一会儿，身边就围满了学生。如果你是新生，"五毛"还能以师长的口吻和你聊上几个小时，且谈论的都是专业知识，从镜头语言到剧情线索设置，他都讲得头头是道。

在"五毛"的大背包中，有很多中外名片、很多从来没有引进到中国的大片和从来没有在电影院出现过的地下电影。只要有"五毛"，没有你找不到的片子，也没有"五毛"没看过的片子。

在学生没有收入，还要从生活费中挪出大部分来买碟看电影的时光中，"五毛"是学生们最好的"电影导师"。"五毛"后来在胡同里面租了一间三平方米的平房，专门卖碟片。不过这家店没有开多久，他就失踪了。有人说他到别的学校去开拓市场了；也有人说他因为卖盗版碟被抓起来判刑了；还有人说他卖碟是为了赚足够多的钱，希望有一天可以搞剧本创作……而他的梦想其实是拍一部电影。

中戏的课程

汤唯在学校的时候就很扎眼，总是戴着一顶鸭舌帽，长长的头发，不苟言笑。

在我们的课程里面有一门课叫镜头语言。镜头语言就是用镜头像语言一样去表达我们的意思。我们通常可从摄影机所拍摄出来的画面看出拍摄者的意图，这就是所谓"我的镜头会说话"。大一上学期结束后，影视系同学的口头禅几乎都是从镜头语言开始的，观察生活也是用镜头的视角。聊镜头语言是影视系的必备技能。

学戏文的同学挂在嘴边的可能会是"三一律"，这是关于戏剧结构的一种概括，先由文艺复兴时期意大利戏剧理论家基拉尔底·钦提奥于1545年提出，后由法国古典主义戏剧家确定和推行。要求戏剧创作在时间、地点和行动三者之间保持一致性，即要求一出戏所叙述的故事发生在一天（一昼夜）之内，且发生于一个地点，情节服从于一个主题。法国古典主义戏剧理论家尼古拉·布瓦洛把它解释为"要用一地、一天内完成的一个故事从开头直到末尾维持着舞台充实"。

学表演的同学会和你聊斯坦尼斯拉夫斯基，他是《演员自我修养》一书的作者，俄国演员、导演、戏剧教育家、理论家。"没有小角色，只有小演员。"这句话就是斯坦尼斯拉夫斯基说的。

　　学导演的同学经常会跟你讲起舞台调度。舞台调度也叫场面调度，它通过演员的体态（身段）、演员与演员之间以及演员与景物之间的组合，通过演员在舞台上位置的改变和转换，或通过一种形体动作过程，形成艺术语汇，使舞台形体化、视觉化。舞台调度是剧本台词和舞台语言在视觉形象上的体现，它是导演艺术的重要体现手段。

　　剧场是中戏学生最常逗留的地方。能参与到剧场的工作让人非常兴奋。汤唯就是我 2000 级导演系的师姐，这位身高一米七多的师姐在学校的时候就很扎眼，总是戴着一顶鸭舌帽，长长的头发，不苟言笑。很长一段时间里，我们经常看到她在学校后面的北兵马司剧场里排练。

　　大学的第一年大家都被分配了观察生活的任务，表演系的同学都相约去动物园看动物，去菜市场看人物。导演系的作业是分组交剧情短片，我们班的作业是交纪录片。观察生活到哪里都得靠眼睛靠心灵，如果说表、导系要展示从生活中得到的创作成果是靠演绎，我们则是要通过镜头把我们观察到的生活转化到屏幕上让大家看到。

把最重要的包袱放到最后

> 把最重要的词放到句子的最后，把最重要的句子放到段落的最后。

　　进入大学后，老师给出的第一个作业是用九张图片讲好一个故事。那时候刚开始有数码相机，我下了很大的决心购买了一台。

　　从常规的技术层面来说，讲故事的能力一方面是由想象力等天赋决定的，另一方面则取决于个人的情节架构水平和表达水准。要讲好一个故事，最重要的就是你自己本身得是个有故事的人，就是常说的"这人一出场就带着戏"。讲故事是一件很认真的事，认认真真去讲、去演，"假作真时真亦假"。

　　讲故事一定要把握好节奏，为什么有的人讲故事平淡无奇，有的人却讲得悬念迭起，引人入胜？那是因为他把握好了节奏，"包袱"甩得好。

　　用图片讲故事，最大的作用是可以让我们懂得蒙太奇的效果。图片顺序的改变会形成完全不一样的故事。有志于要考影视类院校的同学可以从这一方面开始锻炼自己编写故事的能力。《你的剧本逊毙了！》里介绍了一个讲好故事的方法：把最重要的词放到句子的最后，把最重要的句子放到段落的最后。

书中举出的例子是这样的：罗伯特鳏居多年的爸爸生病了，等到他父亲过世后，罗伯特就能继承一大笔钱。罗伯特想找个女人跟他一起分享这笔财富，他去了一家单身酒吧，四处逡巡，直到目光聚焦在一个女人身上，她的美几乎能夺走他的呼吸。"现在，我只是一个普通人，"他走向她，对她说，"但是一两个月以后，等我爸爸过世了，我就能继承两千万美元的遗产。"那个女人就跟着罗伯特回家了，四天后她成了他的后妈。

我曾在知乎上看到一个网友谈到怎么讲故事的问题："《怪诞心理学》里面有个投票选出的最好笑的笑话：夏洛克·福尔摩斯和华生一起去露营。他们在满天繁星下搭好了帐篷，然后就睡觉了。到了午夜时分，福尔摩斯把华生从睡梦中叫醒，并说道：'华生，抬头瞧瞧天上的那些星星，告诉我你看到了什么。'华生回答说：'我看到了数百万颗星星在闪烁。'福尔摩斯又问道：'那么你从中能够得出什么结论呢？'华生回答说：'嗯，如果有数百万颗星星，即便只有很少几颗有自己的行星，其中也很可能有与地球类似的。如果有些行星跟地球比较类似，那上面就可能有生命存在。'福尔摩斯说：'华生，你这个白痴，这意味着有人偷了我们的帐篷。'"这个故事体现了顺序的重要性。

怎样讲好一个故事？我认为就是要把最重要的包袱放在最后。

纪录片

当我的镜头里出现别人的生活，并让我从中看到了不一样的记录之后，我爱上了我的 DV 机。

我上大一时，有一位制片专业的师姐的纪录片得了由凤凰卫视颁发的一个大奖。这大大地鼓励了我们。那时候 DV 机开始流行，刚刚给自己添置了手提电脑和数码相机的各位同学还没有反应过来，又马上购买了一台 DV 机。

我的第一条纪录片是在什刹海完成的。那时的什刹海还没有成为酒吧街，那个冬天，什刹海到后海已经起了薄冰，偶尔还会有一两辆拉着外国游客的游览车走过。车夫会习惯性地大叫："拐弯啰！您扶好！"

扛着一台大摄像机走在胡同中的感觉其实还让我蛮享受的。我躲在镜头后面记录着老北京的宁静，没有人躲避我的镜头，偶尔还会有一两个游客诧异，特意跑到镜头前来说上两句。

当时凤凰卫视有一个节目叫《DV 新时代》，每周会播出一条由大学生拍摄的纪录片，每条大概二十分钟。大一的暑假，我带着从凤凰卫视借的 DV 机回到了广州。在从广州回英德的汽车上，我认识了一个十六岁的女孩子，她一个人扛着六七包行李上车，本来就狭小的空间被她的行李填满，我正好坐在了她的旁边。

　　这个女孩在广东英德望埠镇出生，上完初中就辍学了，因为家里还有四个弟弟妹妹要上学。她父亲因为吸毒去了戒毒所，只剩下妈妈一个人带着五个小孩。十六岁的她已经肩负着和妈妈一样的任务，要照顾弟妹，要养家糊口，只身一人来到广州打工。这个假期她带上给妈妈、弟弟妹妹们买的东西回去。聊了一路，我决定跟拍这个有担当的女孩子。

　　说明我的用意之后，女孩同意把我带到她的家里去，介绍她的妈妈给我认识。拍摄进行得很顺利，每天我都会坐一个小时的车去她家，捧着我的 DV 机和她的妈妈聊天，记录这样一个家庭的日常。她家并没有我想象中的苦难和低落，相反，有着很乐观的天性和浓厚的广东气息，母亲虽然提起自己的老公会落泪，但是在与孩子们相处时，又是那么开心。孩子们虽然得不到很好的物质条件，但是在他们的思想中并没有太重的负担，几个孩子竟然还可以围坐在一起打麻将。在外打工的小姐姐也并没有怨天尤人，很享受自己可以挑起大梁赚到辛苦钱的成就感。

　　通过我的镜头，我看到的一家人并没有我们平常在电视上看到的苦难。相反，他们乐观地生活。后来我同学和老师看到我拍的这个片子时，都非常感慨。

　　当我的镜头里出现别人的生活，并让我从中看到了不一样的记录之后，我爱上了我的 DV 机，它几乎成了和我形影不离的搭档。

第四章

我从来不相信什么懒洋洋的自由，我向往的自由是通过勤奋和努力实现的更广阔的人生，那样的自由才是珍贵的、有价值的，我相信一万小时定律，我从来不相信天上掉馅饼的灵感和坐等的成就。做一个自由又自律的人，靠势必实现的决心认真地活着。

——山本耀司

演员不吃青春饭

无论实践带来了多少收益和赞誉，关于大学最难忘最美好的记忆，永远是那些拼命学习的时光。

每年艺考，我们都能见到不少少年成名的人前来应考。虽然他们中也有人考不上，但他们的确比一般考生有更多的实践经验。我考中戏那年，唐嫣也参加了考试，她当时已是上海的"舒蕾小姐"冠军，大一时就被张艺谋导演挑中，成为"奥运宝贝"之一。

很多知名导演都愿意到中戏来挑演员，但并不是被挑中就能参加拍摄。电视剧、电影的拍摄期一般都在三个月以上，学校也不会批这么长的假期。在中戏，旷课是不被允许的，缺席十堂课以上就会被处分：留级甚至被劝退。要拍戏只能在大三以后，在这之前，你必须老老实实地在学校学基本功。

我们考学的时候，有的家长带着孩子来参加考试，说学这一行就是吃青春饭的！说这话的家长，被老师义正词严地批评过。学艺术并不是吃青春饭的，相反，演员和导演都需要历练，越老越吃香。即使是舞蹈专业，虽然该专业对考生有年龄限制，但在之后的舞蹈生涯中，阅历的增长也会给他们带来不一样的表达方式和肢体语言。

艺术从来没有吃青春饭这么一说，学艺术的人从来都不应该急功近利。

　　中戏和电影学院都有很多少年成名的同学，但是他们都有过认真排练、刻苦练功的学习时光。我在大三的时候就开始参与东方卫视和凤凰卫视的综艺节目制作，大四的时候已经开始跟着很有名的编剧写剧本。无论实践带来了多少收益和赞誉，关于大学最难忘最美好的记忆，永远是那些拼命学习的时光。

创作从来没有捷径

我们尊重创作者，是因为这件事情很难成就。

    戏剧学院毕业的学生都有一个梦想，就是要拍自己的电影。

    一毕业就能进电影剧组的同学是很牛的。做电影的同学都觉得自己是在追求艺术，而非大众消费品，在他们看来，电视行业离艺术就要远些了。在同学们心目中对各类工作有预先的排名，拍电影是最好的选择，其次是拍电视剧，再次是进电视台做晚会，最后才是做电视栏目。

    然而，有一天我却发现，几乎所有人都梦想成为一名作家，作家真是一个需要职业训练的职业。在我开始写作之前，我是一个电视剧编剧，做电视剧编剧和写作有很不一样的工作方式和生活方式。作家更自由。

    大部分人希望自己成为一个作家是因为作家貌似可以不用上班。作家可以随便走走停停、写写歇歇、听听歌，尽情体验各种人生。但实际上很多写作者都过得蛮清苦的，要么光顾着体验人生，根本没有时间写作，满脑子的痛苦。要么一心在笔耕，没有创作的灵感。说到底，我们每个人都要为自己想做的事情付出很多时间和精力，从来没有什么捷径可走。

　　做电视剧编剧那段时间，我差点得了抑郁症，因为做电视剧其实是一个完全靠想象的活儿，是一个团队在协作，并不是一个人就可以扛下来的。

　　你要做演员，就必须有人给你打光，给你做舞台置景，给你做观众；你要做导演，就离不开摄影、编剧、场记、演员、剧务等人的付出；电视剧编剧也是一个团队合作的工作，定主线的是一个人，写大纲的是一个人，写分集故事是一个人，对白又是由另一个人来写。

　　我们尊重创作者，是因为这件事情很难成就。

"搓板伤心剧"

我参与了英达导演的电视剧《伴你一
生》的编剧工作，也因此获得了我的
第一份薪水。

　　我的编剧启蒙老师是英式影业的创作总监萧峰，他是英
达导演在北大的同学。他并不是学编剧出身，他是法律系毕
业的。至于他为什么做了编剧，这可能跟他的人生经历有关。
萧峰老师是上海人，温文儒雅，从来不发脾气。他的学生来
自电影学院、戏剧学院、北京师范大学，我正是从他那里了
解到了编剧工作的流程，从故事大纲到分集梗概再到场景对
白，他都非常细致地引领我进入编剧的角色。

　　英达工作室在一个充满阳光的带花园的房子里。每次
开剧本会都很欢乐，萧峰老师栩栩如生地描绘一个个人物，
仿佛这些人就在我们身边。

　　英达导演是"中国情景剧之父"，自《我爱我家》以
来，他做了一系列情景喜剧，影响大江南北。大家尊称英
达导演为大导。英达主演《东京审判》时，我是他的助理，
空闲时间，他会侃侃而谈，从历史掌故谈到天文地理。认
识了英达导演和萧峰老师之后，我开始慢慢了解情景喜剧
的创作和制作。后来我参与了英达导演的电视剧《伴你一生》
的编剧工作，也因此获得了我的第一份薪水。

　　《伴你一生》是一部肥皂剧。肥皂剧是美国人的一大发明，它是一种以家庭和日常生活为主要题材的广播或电视连续剧。为什么叫"肥皂剧"？因为在很长一段时间里，该类题材的剧集多是由生产肥皂和洗衣粉的公司赞助。广播肥皂剧最早出现于 20 世纪 30 年代初，播出时间一般在周一至周五的下午。每集都在剧情的某个紧要关头中断，以吸引听众第二天继续收听。

　　20 世纪 50 年代，电视肥皂剧占了上风，每集从早先的 15 分钟延长到半小时，每天有几百万美国人收看。肥皂剧的故事可以没完没了地讲下去，有些肥皂剧的演播历史长达二三十年！肥皂剧的情节大多是多愁善感的，也有人称之为"搓板伤心剧"，大概是因为观众大多是在家洗衣烧饭的家庭主妇吧，而这些家庭主妇又特别爱流泪。肥皂剧的内容多是关于生活在小镇上的中产阶级家庭里发生的事情：婚姻和爱情、生老病死、喜怒哀乐，虽然剧中也有恶人，但结尾大多是善有善报，恶有恶报。

　　当年英达导演打算剩下的这辈子只拍这部《伴你一生》，将这个故事无限期地在荧幕上演绎下去，但最后这个计划搁浅了。去年的电视剧《欢乐颂》的出现，让我又看到了肥皂剧的影子。观众可以真切地感受到剧中人物的喜怒哀乐，并且跟着剧中人一起成长。

这部戏差点让我得了抑郁症

做一个沉浸在自己编的剧情中的编剧是危险并幸福的。

我接到的第一个电视剧任务是为江苏电视台电视剧部打造一部青春偶像剧，剧名叫《下一站，北京》。剧本的第一稿是上海大学的葛红兵教授写的。据我的经验，几乎没有一稿过的剧本，因为剧本通常都会几易其主，可能一开始是想做一个这样的故事，但是编剧写完之后，发现变成了另一个故事，然后导演加入其中，又会深挖出新的角度，制片人也会给出自己的意见，基于此，故事的走向可能会发生种种改变。

修改剧本是一项艰难的工作，每一处的修改都是牵一发而动全身。加了人物，前后的内容都要改变；一个人命运的改变，整个故事都会跟着改变。

所以编剧这个工作是非常磨人的。为了写这个戏，台里领导让我住到南京的酒店里，以方便跟南京的创作总监沟通。通过这个戏，我认识了当时中国电视剧界最牛的编剧、导演、制片人。当时的江苏电视台投资制作了不少高收视的电视剧。

《下一站，北京》的制片人、出品人是今日家喻户晓的李路导演。李导当年就是一位有抱负、有魄力的实干家，他务实又有想象力。所以后来他能拍出《老大的幸福生活》《山楂树之恋》《人民的名义》这样脍炙人口的作品。

但是这部戏差点让我得了抑郁症。做一个沉浸在自己编的剧情中的编剧是危险并幸福的，我在南京写剧本时非常孤独，但我又是一个很外向、喜欢热闹的人，连续长时间的孤独虽然能让人很好地沉浸在创作氛围中，却也让我的情绪低落到历史最低点。

我在南京住在五台山的酒店里面，每天最长距离的散步就是走到五台山的先锋书店。也只有在这个宁静的书店，我才能找到一种周围都是朋友的感觉，因为每一本书对我都充满了吸引力，仿佛一个个朋友向我招手，邀请我和他们聊天谈话。

写完这个戏之后，我有一种再也不想碰电脑的感觉。就在这个时候，广州电视台向我抛来了橄榄枝，于是我赶紧收拾好自己的行李，订了一张机票逃离南京，回到了温和闲适的广东。

叫外卖也能刷存在感

如果你连帮忙叫外卖的能力都没有，大家为什么要把更重要的事情交给你做？

很多人对广州人的印象就是爱喝茶。事实的确如此，走在广州的街道上，三五步就有一个茶餐厅。从生活节奏紧张的北京、历史文化厚重的六朝古都南京回到悠闲明媚的广州，我突然有一点无所适从。简单地说就是有点闲得慌。

对职场新人来说，无论是正式职员还是实习生其实都是很没有存在感的，所以首先要做的事就是刷存在感，让大家知道有你这么一个新人的存在。很多实习生和新员工都不懂这一条生存规则，其实任何人刚到一个新的环境都应该让自己被更多人知道，让别人留意到你，你才有获得展现才华的机会。

我的好朋友陈大咖说她在报社实习时，会到办公室的每个前辈那里去"拜码头"，给他们留便利贴，告诉他们自己是谁谁谁的实习生，如果有拿快递、叫外卖、打印文件之类的事情需要帮忙，请联系她。曾看过一篇流传很广的文章，作者当时的身份是实习生，他在文章中写道，自己读了这么多年的书，不是为了到公司给人叫外卖、拿快递的。这篇文章获得很多人的认同，但我和陈大咖都不这样认为，如果你连帮忙叫外卖的能力都没有，大家为什么要把更重要的事情交给你做？

我刚到电视台的时候，虽然职位是正式编剧，但我常常去找行政姐姐、财务姐姐，跟她们说我很愿意为她们送文件、打印文稿等。久而久之，我不仅把各个部门的人事了解得比较清楚，还让更多的人知道了我的存在，这样有更重要的工作时，他们会第一时间想起来推荐我过去。

我后来把这个心得传授给了我妹妹，她大四去乐视实习，在部门里帮同事们贴了三个月的发票。贴到第四个月的时候，她终于能从发票中看出一些端倪，因为每个人报销的内容都不一样，他们报销的金额和内容其实就包含了他们工作的方式和方法。这些东西别人是不会教你的，比如和客户吃饭会去哪里，飞到不同的地方参加了什么电影节、见了什么人，这些内容都能在发票上体现。

没有什么微不足道的工作，再小的一件事你也一定可以从中得到很多值得学习的细节。

把一天变成 48 小时

很多人都没有想到，自己砸掉父母长辈口中的铁饭碗后，竟然得到了难以想象的收获和财富。

2006 年大学毕业后，我到广州电视台工作。十年媒体路，我做过数百场晚会和数十档综艺节目，现在上街很多人会叫我徐导演。但是这个导演的身份和我当年上大学时的理想还有一点差距。

每个从电影学院和戏剧学院毕业的人都有一个终极梦想——拍电影，而现在，似乎更多的写作者也加入了这个行列。电影，是梦想照进现实，是理想实现在银幕。

2015 年，我出版了我的第一本书《女人不独立，始终是猫咪》，我把自己十年来的心路历程及总结都放在书中。它的畅销印证了我的想法：女力时代的到来。女力时代，就是女性精英大量崛起的时代。女力，是女子力量的简称，指自立自强的女性力量，也指女性能将自身的魅力展现出来的力量。随着社会的发展，越来越多的女性参与到社会的各个领域，并承担起领导职务，一个女性精英崛起的时代正在来临。女孩子们越来越独立，她们有能力、有创造力，需要被鼓励，被支持。

2016 年，我拿了很多奖：腾讯颁发的影响力跨界生活美学家、资深媒体贡献奖、知性网红、中国女性领导力平权计划推广大使……很多奖项大家都是第一次听说，但是它们的出现正预示着一个新时代的来临。

大学毕业十年，身边的同学和我自己都走上了当年未曾想过的道路，电影电视系到电视台工作的同学只有三分之一，分布在北京、上海、广州和香港；三分之一做了明星的经纪人，他们是黄晓明、陈小春、应采儿、孙坚等明星背后的功臣；还有三分之一成了知名电视剧和电影的编剧、导演。

每个时代都会出现很多新的岗位和新的职业，这几年最红火的要算自媒体。一部分自媒体突然有一天脱颖而出，在社会上的影响力甚至超过了我们传统媒体，大量有生产力的媒体人开始转型单干。要感谢时代给予的机会，可能很多人都没有想到，自己砸掉父母长辈口中的铁饭碗后，竟然得到了难以想象的收获和财富。

这十年来，作为一个媒体人，我享受到了实现理想的成就感。小学的时候，我就希望自己可以成为一名记者，无冕之王。十年的媒体工作让我真正地成了无冕之王。我应该算是一个比较敏感的人。有一天，我发现人们对自媒体的热情突然高于了传统媒体，我觉得自己应该深入了解一下其中的原因了。

我的反应和转型是比较迅速的，很快就做起了自己的个人公众号"徐小婷"。随后又结合我们做了十来年视频的经验做了一个视频公众号"听思享"。

　　"听思享"是一个小型人物纪录片节目。每条视频通过三到五分钟的人物自述,讲述各行各业精英的生活方式和成就及领悟。这个节目除了摄像,前期资料搜集、联络、采访、撰稿、后期都是我自己一手包办。很多人在看到片子后都不敢相信这么精细的节目竟然主要是由我一个人完成的。

　　过去作为一个传统媒体人,我们是团队作业,经常要大家围坐在一起讨论,开会。现在作为一个自媒体人,几乎要把一天变成 48 小时来用,但这又是另一种自我经营的方式。

北京户口 | 在北上广深留下，某种程度上是为了证明自己的能力。

在北京读书的时候，我们从来都不承认自己是北漂一族，因为我们在北京是有户口的，户口都在东城区东棉花胡同 39 号大院里。但是如果大学毕业还没有找到可以把户口继续留在北京的工作单位，户口就要被迁回原籍。

那几年北京户口特别重要，几乎是所有大学生梦寐以求的一张证明，似乎拿到这张户口证明，就可以在北京立足，成为真正的新北京人。在那个房价还没有攀升到恐怖数字的时代，有北京户口的人还可以有机会买到经济适用房。

在我毕业的那会儿，大家都想找事业单位或者国企的工作，但是十年后的今天不一样了。在北京，央企、国企、事业单位林立，全国最优秀的人才聚集在这里，大家都挤破脑袋要留在北京。如果不能把户口留下来，那就真的要成北漂了。

能够进入人民艺术剧院、文化部、各个院校、剧团等单位工作的同学是幸运的，也有很多同学去剧组。拍电视剧、电影的剧组通常都是项目制，一开机就是三个月以上，大家同吃同住，不分日夜地工作，哪怕是专业院校毕业，很多人也吃不消。所以不要光看演员风光，其实他们的工作非常辛苦。当然，吃得苦中苦，也一定会有人上人的收获。

当年的我们太想在北京立足了。有一句话说，想要在世界上立足，一定要先在世界之都纽约有一席之地，如果在世界之都被认可了，那么到世界上的其他任何地方都能被认可。北京是中国的经济文化中心，只要在北京立足了，在全中国其他城市都会有一席之地。现在的北京比起十几年前更有国际地位，生活成本堪比纽约，能在北京打天下的，我还是很钦佩的。

有北京户口不仅可以在北京买车买房，更是一个北京人身份的凭证。北京是一个由精英打造的城市，每一个在这里奋斗打拼的人都希望能被贴上这个城市的标签。北上广深的新居民越来越多，这些新居民和原住民和谐共处，共同建造出一个更迷人更有魅力的都市，这样的都市集合了所有精英的想法，在北上广深留下，某种程度上是为了证明自己的能力。

没阅历做不好编剧

做文字工作，拼到最后是拼认知，对生命的认识。

在影视行业里面，很多岗位看起来是没有门槛的，编剧也是其中一个，它不像律师、医生、会计等岗位那样需要考专业证书才能正式上岗，编剧这个工作可以说人人都可以做，只要你有给别人讲述故事的想法，你就可以开始做编剧的工作了。

编剧主要以文字的形式完成节目的整体设计，既可原创故事，也可对已有的故事进行改编（个别须获得授权），一般创作好剧本后，编剧会将剧本交付导演审核，若未通过审核，则可与导演一同进行二次创作（剧本的修改权归编剧所有）。因为各种编剧所从事的职业领域不同，编剧一般分为：电影编剧、电视编剧、话剧编剧等。

真人秀节目很多精彩的设置都应归为编剧的功劳。在电影或电视剧的制作过程中，编剧是核心与灵魂，不仅故事要靠他，剧本要靠他，演员对白都要靠他。剧本的"本"所表示的并不仅仅是本子，还有根本、基本的含义。

在不同的国家或地区，编剧的地位不尽相同。在日本，无论电视、动漫，还是电影，管理剧情的往往是编剧，导演反而位居其次。在美国，编剧年薪大都不低，在一般人年薪多为五万美元之际，美国编剧的年薪就已达二十万美元。在香港，新人编剧一般月薪为两万港元，逐步可能会提升至三万到四万港元，有好作品的话会得到更多。而在内地，新人则约为三千元一个月（有的按集数而定）。

传媒行业发达，从业人员增加了之后，我发现我们看到的烂片反而越来越多，其中一个原因可能是从业人员增加，编剧的年龄层降低了。因为缺乏生活阅历，所以写出大量不合情不合理的桥段和情节。

虽然我自己在二十岁的时候就做过编剧，写的是青春偶像剧，但我还是建议年轻的毕业生，在还没有岁月的沉淀、没有太多的生活阅历时，可以掌握编剧的技巧，但最好不要盲目自信。

我为什么后来不做编剧了，也是因为深深感觉到自己在没有见过、经历过足够丰富的人生之前，一切编造的情节都只存在想象中，落不了地。要成为一个优秀的编剧，首先要有大量的知识储备，所以首先你得有料，才能往外掏。如果自己都没有料，是很难掏出东西给别人的。所以想要做一个好编剧，必须大量地看书，大量地思考，大量地请教，广泛地交朋友，这样你才能写出精彩的对白，接地气的场景。我得给自己一段时间去历练、积累。所以我在一段时间内放弃了做编剧。

还有一个原因就是现在剧本全都成了"命题作文"。

现在国内大多数编剧的创作模式是"委约制"，简单说就是编剧接受制片方委托创作。片方往往本着"市场先行"的原则，要求剧本按照某些特定路线进行操作。现在很多"半成品"剧本，还没达到拍摄要求就草草开机，编剧赶鸭子上架，边写边拍，有业内人士透露："超过四成的电视剧都这样，大部分就写了十五集，后面还没调整好就拍。甚至有的戏只写了五集就拍，边拍边等，一线大咖演的戏都这样。"

很多情况下，导演拿着大纲就开机，每天拿到哪个场次就拍哪个，也就难怪很多电视剧内容不扎实。

拍摄的时候多数编剧都不进组，如果拍摄时需要改剧本怎么办？这时候，"跟组编剧"就会作为替补队员上场，硬伤就在所难免了。

不过，现在很多电视剧内容有违常识，倒不一定是编剧的过失，很多时候是躲在暗处的"枪手"造成的。"枪手"，是编剧圈默认的潜规则。《东京审判》的编剧胡坤说："从来没有做过枪手的编剧很少。"

在编剧圈，"枪手"大致分三种：一是代笔，只收稿酬，这是真正意义上的"枪手"；二是参与讨论和执笔；三是有一些文字功底，能贡献闪光点。跑腿、打杂、写花边，也是本职工作。国内电视剧的编剧按收入水平形成梯队划分，处于金字塔塔尖的"超级编剧"稿酬可达三十万元一集，且参与利润分成，年收入过千万元，还能升级成制作人、成为公司大股东，日子过得相当光鲜。这些成功人士包括于正、六六、宁财神、高满堂、王丽萍等。"第二梯队"中，编剧收入多在五万至十五万元一集，多为已有不少代表作的独立编剧。至于"第三梯队"的新人们，可以拿到每集五千至一万元，部分年轻编剧的优秀处女作，甚至卖到七位数，平均下来超过三万元一集。相比之下，处于金字塔底层的"枪手"收入大致为三千至五千元一集，也经常按月计酬，拿几千块一个月的也不在少数。

每个行业都有金字塔结构存在，不同层级的角色各有分工：顶级编剧负责攒局，枪手负责写稿、改稿，薪酬待遇有差异也正常。

编剧雷婷说："做文字工作，拼到最后是拼认知，对生命的认识，比如《士兵突击》赢在小说作者兰晓龙对士兵的认识，大部分烂戏是没有认识的。年轻编剧们往往对此不服气，但在做独立编剧前你要知道，认识才是一部戏的灵魂。"这个灵魂除了编剧，有时热爱表达的制片人也会带着命题而来，编剧只是奉命行事，制片人可以通过剪戏来撼动主线，因为在审查阶段不会有编剧去较劲。

美剧已经形成了剧本生产流水线，领头的编剧被称为制作人，他定下风格、大纲、人物小传和前几集的内容，其他人进行科学分解，有人专门负责搭建骨架、调整情绪亮点和节奏、扩充台词，也有一种工作方式是分人物写。但中国很难复制这种模式，因为美剧是周播，单元性强，每集一个故事，中国的电视剧日播三集，整部戏讲一个故事。

美剧的工作方式是把编剧变成环节工人，离文学更远一些。
这些工人可能在本专业内非常牛，但不能做一名全能编剧。

那些最有成就的编剧，一定有着惊人的知识储备。他们
一定看过大量的文艺作品，博览群书。眼界开阔的编剧，写
出来的故事，格局明显不同。

人人都有电影梦 ｜ 在别人看来我是在做白日梦，但是
｜ 我一定要实现它。

每次看电影，当灯光亮起，开始走字幕，几乎就是电影院的送客时间。但是每次电影结束，我一定坐着等字幕走完。这是上大学时老师教的，我们应该尊重每一个为电影付出过劳动和努力的工作人员。

电影最让人着迷的，是它让不可能的事变成了可能，是因为它的造梦功能。它能完整地把我们生活中无法实现的场景造就出来。很多时候拍电影给普通人的感受可能都不是一份正经的工作，而是一个做梦的过程。

电影大师李安的父亲曾跟他说："你今年几岁啦，拍了几部电影，可以找些正经事做啦！"我爸爸那时也这样想。李安拍完《理性与感性》时，他父亲还说："小安，等你拍到五十岁，应该可以得奥斯卡，到时候就退休去教书吧！"在一部分人的印象里，影视界是很不堪，是没规矩、乱糟糟的圈子，因此很多父母都不愿意孩子去学电影。入行十年，我个人的经验却与儿时的听闻迥异。我觉得人生里乱七八糟的事似乎更多。

电影比人生简单、比人生理想，它是很舒服的。我想，

这也是为什么大家喜欢拍电影，或花钱买票去到一间黑屋子里去跟一群人看电影的原因。

说拍电影是做梦也对，几乎每个创作者都在电影中灌注了自己的梦想。获得过上百个电影奖提名的《爱乐之城》，片名是好莱坞所在的洛杉矶的别名，洛杉矶——the city of stars（星光之城），无数年轻人来好莱坞寻梦，无数人的梦想在这里破灭，然而永远有人在寻梦，有人年轻着，这个城市的星光永远不会熄灭，似乎永远都那么美好。

好莱坞的许多电影总是浓墨重彩地讲述"梦想"，不管是动画片《疯狂动物城》，还是这部歌舞片《爱乐之城》。这大概是因为，当我们全力追逐梦想时，恰恰是最热血沸腾的时候。追求梦想过程中的种种经历，总是那么刻骨铭心。

米娅最初是咖啡店的服务员，她的梦想是成为像英格丽·褒曼一样的女影星，甚至在卧室里贴了一张偶像的巨幅海报。为了实现演员梦，米娅经常翘班去参加各种试镜；塞巴斯蒂安是一名爵士钢琴师，梦想是开一家爵士乐俱乐部。两个追求梦想的人，坠入爱河、相互慰藉。在生存压力下，塞巴斯蒂安违心地加入了一支流行爵士乐队。毕竟，"为了填饱肚子就已筋疲力尽，还谈什么理想，那是美梦"。这就意味着，在追求梦想的道路上，他妥协了。如果不妥协可以吗？显然并不容易，毕竟现实是非常残酷的。

而在追梦路上，米娅遇到的最大问题就是她受挫的次数太多太多，以至想要放弃自己的演员梦。最终还是塞巴斯蒂安找到她的家，和她大吵一架后，她才鼓足勇气再拼一次。她在试镜时所讲述的姑姑的故事依然与梦想有关，那是整部电影里我最喜欢的桥段。当周围一片黑暗，自带光芒的米娅唱道："致有梦想的人，无论看起来多么愚蠢，致那些受挫的心……疯狂才是关键，这样新的色彩才能被看见，谁知道哪里是我们的终点，所以才需要有梦的人去发现……"最后，她终于成功了。

　　《爱乐之城》里的梦想元素令人印象深刻。就像歌手赵雷在《理想》中唱的：理想永远都年轻，／你让我倔强地反抗着命运，／你让我变得苍白，／却依然天真地相信花儿会再次地盛开。

　　《电影梦》的主演赫尔佐格在影片中说："在别人看来我是在做白日梦，但是我一定要实现它。我不想做一个没有梦想的人，这样的生命没有意义。"他用自己的经历和自己的电影告诉人们，拥有梦想的人无论成功与否，都拥有骄傲而又伟大的灵魂。很多时候我们热爱电影，也是因为我们希望自己的梦想可以像电影里的主角一样得以实现，希望自己能像他们那样去追寻自己的梦想。

剧组生活 | 演员的幕后其实都很辛酸，必须有好的体力和心理素质。

剧组里都有什么人？如果你曾留心过影视作品的片尾字幕，那么对"制片""统筹""副导演"这些称呼肯定不陌生。但他们具体都负责什么，到底怎么分组你可能就搞不清楚了。按照职能来分，一个中等规模的剧组包括以下几类：制片组设有制片主任、现场制片、生活制片、外联制片、财务人员、剧务及后勤保障人员等；导演组设有导演、副导演、场记、动作导演、特技导演等；摄影组设有摄影师、副摄影师、摄影助理、机械员、灯光师、灯光助理；美工组设有总美工师、美工设计及服装、道具、化妆等小组；录音组设有录音师和录音员。

无论你是为剧组投钱的大人物（出品人），还是为剧组做搬运的小人物（场工），哪怕就是端茶送水的工作人员，只要为剧组提供了服务，都可以在片尾字幕上找到对应的职务名称。

一般中等规模的电视剧剧组大约有工作人员一百五十人，古装剧的人员会更多些。那大的组能有多少人呢？人多的时候可以达到几百人，尤其是那种史诗级的巨制，比如郑晓龙导演的《甄嬛传》和《芈月传》这种级别的剧组，工作人员能达到上千人。

几百人凑在一起，动辄就要三四个月一起吃一起睡。在这期间，剧组犹如一条生产流水线，每个职位都是人尽其用，各司其职。如果一切都高度配合，自然拍摄效果上乘；倘若其中一环掉了链子，就可能导致恶性循环。

剧组的分工非常细致，甚至有很多你可能从来没有听说过的工种，每个主要岗位的人员实际上都在带领着一个团队。我的一位大学同学就曾经做过《让子弹飞》的制片人和制片主任，在《让子弹飞》这样的剧组里，有十几个大牌演员，可能每个大牌演员的保姆车要停在哪个位置都需要开会仔细斟酌。

而很多大牌明星的合约是按天签下来的，比如和周润发只签了二十天的约，那么这二十天内无论如何都要把发哥的戏先拍完，同时可能还有别的大牌演员需要拍摄完所有戏份。这就非常考验制片的安排，一旦安排不当，就算增加预算多给片酬，演员也可能调不了档期。

制片人要负责整个影视剧项目的管理工作。如果用大白话解释，就是找钱、找剧本、找演员、找拍摄班子、卖片子的那个人。所以说，制片人真不是随便什么人都能当的，上要理得顺领导，下得管得住场工，情商和智商都得高。

如果说制片人等同于CEO，负责给组里拉钱，那掌管财政大权的制片主任就相当于CFO，主要就负责花钱。剧组的每项开支，都需要制片主任签字过目，花多少、怎么花，需要严格把控。除此以外，他还要协助制片人，保证拍摄进度、处理演员关系。如果整个剧组是艘前行的船，制片主任就是舵手，负责掌握好方向、进度，不让这艘船中途撞上冰山，安稳地行驶到杀青。

在拍摄现场，一般很少能看见生活制片的影子，他们不是在订机票、酒店、盒饭，就是在订机票、酒店、盒饭的路上。只要不是太大牌的演员，剧组所有人的吃喝拉撒都要靠生活制片统筹。也不要以为演员在剧组里，就比别的工作人员过得好。演员的幕后其实都很辛酸，必须有好的体力和心理素质。剧组住的宾馆一般离片场较远，为了保证拍戏时间，演员要早起化妆，很多时候只能睡三四个小时。

就连很多大牌演员，比如谢霆锋拍古装戏的时候都会经常在拍完戏后不摘头套，不换衣服，直接躺两个小时又赶到片场。演员还要因为拍各种电视剧适应不同的环境，有的要在冬天拍水下戏，有的大热天穿棉袄拍摄，有的剧组为了赶戏连夜拍摄，而且赶戏时拍摄人员可以分 AB 组，演员却要在两个组之间连轴转。

当然，每一份工作都不容易，朝九晚五的白领生活也未必就比剧组生活过得轻松愉快。最重要的是，你做的这份工作是不是你的兴趣所在，你在做这件事情的时候，有没有感到自己的梦想正在一步一步地实现。

皇冠终有一天会戴到你头上

掌握赚钱的方法，获得感受世界的能力，然后尽情去发挥自己的天赋和才能。

　　有时我会想，我有车有房还完贷款不用为吃喝玩乐发愁，虽然没有大富大贵，但应该也可以算是实现了财务自由的新中产。

　　现在的我，不用像上大学时那样在去某个地方之前要考虑是坐公交车还是打的；不用像刚工作时那样既要考虑住处离单位的距离又要考虑房租；也不用像贷款没还完时那样无论报酬多少的活动都去参加。现在的我，可以想去一个地方买张机票就走，也不用为了省钱而去住快捷酒店；可以不理会别人看不看得出我的包包是什么品牌；我也可以不用开豪车，路上扫一扫摩拜就骑走。我可以按时收租，靠写作拿稿费，偶尔接几个公众号广告，只要没有太强烈的物质欲望，基本上已经算是实现了财务自由。我身边有很多像我一样的女性，但她们并没有停止工作，甚至有一部分富二代也没有停止工作，反而她们比普通人更加努力地想要实现自己的理想。

　　如今，越来越多的女性投身创业，越来越多的女性有

了自己挣钱的能力，越来越多的女性展示出自己独特的才
华和魅力，各行各业涌现出大量杰出女性，"她领导""她时
代""她力量"……女性对各行各业的影响显而易见。

　　2016 年 10 月，由阿里巴巴政策研究院发布的《基于阿
里巴巴生态的女性研究报告》指出，超过 2 亿的女性顾客
在买买买，近 600 万的女性商家在卖卖卖。数据还显示，
女性网上消费能力高出男性 4 个百分点，有 8 成家庭消费
由女性决定，女性逐渐成为主导家庭经济的"财政部长"，
决定着"家庭"消费的数量和质量。除了买买买，互联网
时代下的女性同样也是"生财"高手，与 2014 年相比，女
性在淘宝平台上的赚钱效应提升了 0.7 个百分点，她们所
涉及的领域也正在逐步扩展到一些以往通常由男性主导的
行业，如数码行业。同时，女性贷款 90 天违约率比男性低
23%，贷款额度却比男性高出 7%，这也许就意味着，女性创
业可能更容易获得贷款和资金支持。

　　为了顺应此趋势，瞄准女性消费市场，"女力"广告纷
纷出现。最明显的例子莫过于美国高端功能性运动品牌安
德玛。安德玛原本是美式足球专业品牌，在成功跨足其他
的男性运动项目后又强势进攻女性运动市场，去年全美销
售额超越德国老牌阿迪达斯，仅次于老大哥耐克，并被美
国《广告时代》杂志评选为年度最佳广告主。如此战绩，"女
力"策略功不可没。

安德玛继 2012 年推出号称史上最大的以女性消费者为目标的整合营销广告活动，强调每天流汗运动才是美丽的生活状态后，去年又推出了系列广告 *I Will What I Want*。*I Will What I Want* 以美国芭蕾舞团的芭蕾舞演员柯普兰的个人成长故事为主题，广告中，旁白朗读着她曾收到的拒绝信："感谢你申请芭蕾学院，但很遗憾，你没有被录取，因为你的体形不适合跳芭蕾，并且 13 岁才来，年纪太大，是不会被考虑的。"画面中的柯普兰小腿和手臂上充满了强壮的肌肉，她在舞台上跳着震撼人心的独舞，她以坚定的意志成功地改变了命运。这支广告后来获选为年度十大最佳广告之一，在网络上的点击量超过 800 万。实际上，类似的广告不少，在这些广告里，女孩不再是柔弱无力的同义词，女性完全能凭借自己的意志力抵抗来自四面八方的恶意。

我喜欢的、在纽约最好的高中上过学、从茱莉亚音乐学院辍学又再读哈佛的天才音乐家马友友，她的父亲在谈起对她的教育时说过一句话，这句话对我影响很大。他说，马友友的成就和成功是因为爷爷辈有钱，父辈有文化，让他得以将自己的天赋才能尽情展现。这是特别朴实的大实话，又何尝不是给大家指了一条成功的明路——掌握赚钱的方法，获得感受世界的能力，然后尽情去发挥自己的天赋和才能。也许各人的赚钱方法各异，但获得感受世界的能力这件事每一个人都可以通过阅读实现。

从英德小城到北京上大学，再到广州闯荡，我的每一次成长都是在不断地增长见识。过去我们有书籍，现在我们有互联网，接触的事物越多，人的见识就越广。我勤奋、努力，所以我相信自己没有什么做不成的事、没有去不了的地方。说不定下一个十年，我会去纽约打擂台呢！

谁也不知道明天会怎样。

我们能做的，就是今天更努力一点，更勤奋一点，这样才可能让我们认知更广阔的领域。

山本耀司说："我从来不相信什么懒洋洋的自由，我向往的自由是通过勤奋和努力实现的更广阔的人生，那样的自由才是珍贵的，有价值的，我相信一万小时定律，我从来不相信天上掉馅饼的灵感和坐等的成就。做一个自由又自律的人，靠势必实现的决心认真地活着。"

我深以为然。

加油，皇冠终有一天也可以戴在你的头上！

中戏老校区全景图。 摄影：徐小娴

中戏老校区办公楼。午后的这里十分静谧，
每次看见"中央戏剧学院"六个大字就觉得
肃然起敬，内心充满创作的激情和动力。
摄影：徐小娴

冬日里中戏新校区的小河，河水结了冰。
摄影：徐小娴

中戏新校区教学楼，里面有各个专业的排练
室。　摄影：杨露

中戏新校区露天剧场。这是新校区的第一个露天剧场，很多汇报演出和文艺汇演都在这里进行。　摄影：杨露

II·妹妹
徐小娴

　　我叫徐小娴，在 2013 年的艺术专业考试中，没有上过考前培训班的我获得了分别来自中戏、北京电影学院、上海戏剧学院的五张专业合格录取通知书，而且排名都非常靠前。学校可以三选一，专业可以五选一，最后我选择了中戏，姐姐也是从这所学校毕业的。

　　在这几年里，我积极参加学校的各种社团活动，代表中戏与清华大学、中国传媒大学等高校的学生进行各种交流。在北京这个政治文化中心，有很多追求艺术、追求梦想的人。来到中戏，是我人生的一个转折点，翻开了我人生的新篇章。

　　在中戏的这四年时间里，我争取每个学年都拿专业第一名，连续三年获得国家奖学金、中戏一等奖学金。在这个艺术殿堂里，我感受到自己的变化，我看待世界的方式在不断地改变。

II

第一章

Chapter 1

参加艺术类专业考试是一段可以让人在短时间内快速成长的经历，在这个过程中，你需要不断寻求别人的认可，不断地肯定、否定自己，这是一个不断激发自身潜力、锤炼自己、同时寻找真实自我的过程。

初遇中戏

谁不想到北京上大学？姐姐描绘的北京已
经在我的脑海里存在了十年。

在我上小学二年级的时候，一直陪伴在我身边的姐姐突
然不见了。"姐姐为什么不见了？""姐姐什么时候回来？"8
岁的我忍不住对姐姐的想念，矫情地吃饭吃到一半开始流眼
泪，穿衣服穿到一半开始流眼泪，睡觉头刚枕到枕头开始流
眼泪，不是低声啜泣就是号啕大哭。

爸妈各种安慰都不管用。有一天，妈妈换了一招，她
用有些不耐烦的口吻对我说："哎呀！不要哭了，你要是真
的想念姐姐，将来你也考中戏，以后去北京天天跟着姐姐。"

这是"中戏"这个词第一次引起我的注意，我当时心
里只有一个念头，就是坚信只要到了北京的中戏，我就能
每天都跟姐姐在一起。这个想法现在看来非常简单，甚至
有些幼稚，但在当时的我看来，有姐姐的地方就是天堂。

妈妈这一招明显见效，在这之后我就不哭了。当我想
念姐姐的时候，我就进到姐姐的房间，坐到姐姐的书桌前，
盯着姐姐贴在墙上的一个个目标："我要考中戏""我要考早
稻田""我要上哈佛"……慢慢地，我似乎懂得了什么。

后来，我开始翻看姐姐的笔记本，看她写的读书笔记、

学习心得，甚至还偷看过她的日记，同时也开始阅读她读
过的书……满心好奇的我似乎走进了姐姐的世界。

　　慢慢习惯了姐姐不在身边的日子，中戏也慢慢被我淡
忘。直到学期快结束时，妈妈告诉我姐姐回来了。我高兴
地跑到姐姐的房间，姐姐像以前一样，依旧那样阳光灿烂，
而且变得更漂亮了。她不断地跟我说起她在北京的生活：
有很多来自天南地北长得帅气漂亮又幽默有学识的同学；
北京这座城市秋天树叶会黄，树枝光秃秃的，冬天还会下雪，
美丽繁华中带着慵懒安静；她的学校——中戏里走出了许
多我们熟悉的明星和艺术家……我跟随姐姐的介绍、描述，
开始在脑海中想象，想象北京的样子，想象中戏的样子，
想着想着，我的心中开始对这个地方充满向往，我开始期
待以后也能在这样的城市、这样的校园里学习。

　　我特别清楚地记得当时姐姐对我说："中戏真的很好，
等你长大了，你也要考中戏。"那时候姐姐跟我说过中戏
的那些好我已经忘记了，但这句话我一直记在心里。直到
有一天，我终于如愿以偿地走进了中戏，亲身体验并感受
到了这所学校方方面面的迷人之处。

　　2013 年 2 月，我跟随姐姐第一次来到北京。那是我第
一次坐飞机，来到了离广州两千多公里外大雪纷飞的城市。
我在飞机上看了三个小时的电影，旁边的姐姐在安静地看
书。这种感觉很奇妙。我即将到达一个梦寐以求的城市，
这个城市是姐姐很熟悉的地方。下了飞机有姐姐的朋友来

接我们。我将在这里展开为期一个月的艺考。

　　来北京前，姐姐问我，想不想到北京上大学？我当然想，谁不想到北京上大学？姐姐描绘的北京已经在我的脑海里存在了十年。她告诉我有很多学校可以选择，除了中戏、北京电影学院、中国传媒大学、北京师范大学，还有在北京设了考点的上海戏剧学院。这些学校都有很多适合我选择的专业，除了表、导演专业之外，还有戏剧文学、戏剧教育、播音主持、制片管理、编导、演出制作……

　　姐姐给我指了一个方向：要考就只考名校，别的学校我们都不考虑。于是我开始做计划。我做了满满两页的考学计划表，把每个专业的考试时间、考试内容、考试地点都罗列出来，分配好时间，一一错开，还不能让自己因为距考点太远而赶不上。做计划难不倒我，我是一个可以很会合理分配时间和善于规划的人，我把所有的专业都画在了我的一本台历上。从考学开始我就一直带着这本台历，我把所有重要的安排都标注在上面。

　　有一个中戏毕业的大家姐（粤语中对家中大姐的称呼），是我的优势。姐姐是一个从生活细微处给我指引的人，不会硬塞知识和内容给我，每次都是一边讲述一边分析。她给我更大的一笔财富是她的好人缘，因为人缘好，她交了很多很多非常棒、非常强大的好朋友，包括她在中戏的大学同学、师兄弟、师姐妹。这么多年来，姐姐是我见过把所有关系处理得最好的人，所有朋友都愿意和她分享成就、分担困难。这可能是因为她自己本身就是一个很乐意分享的人。几乎姐姐的所有朋友和同学我都认识，他们也都认识我，把我当成小妹妹，跟着姐姐一同叫我：阿妹。

一到北京，我和姐姐先是住在了她的大学同学黄宇峰哥哥家里。我去考学的时候黄宇峰哥哥还在老家长春过春节假期，于是我们住进了他那个在北五环的小复式楼。我对那段时间的生活至今记忆犹新，因为哥哥有一段时间没在北京住，他们家的暖气停了，我和我姐找遍了房子每一个角落都没有找到暖气开关，被冻得够呛。

黄宇峰哥哥大学是学表演的，研究生学的是艺术管理，他也写过一本游记。他的家里有一面满满当当的书墙，看到这些书，我和姐姐都觉得自己将会很充实，因为有书的地方我们都不会觉得无聊。

把目标定到月亮上

高瞻远瞩的同时，也要把每
一件小事都踏踏实实地完成。

　　从我记事起，自己就是周围人眼中的好孩子。大概人都是这样吧，做了一次好孩子，得到大家的表扬认可后，就想要一直受到表扬，于是就得一直保持优秀，不敢有半点懈怠。

　　上幼儿园时我是班长，其实我已经不记得了，但幼儿园同学每次见面都这么叫我。在一张幼儿园时拍的照片上，我扎着牛角辫举着小牌走在队伍最前面，那时候我应该是大队长。我还拿过画画比赛的奖项，是全市仅有的两名优秀少儿奖获得者之一。不过关于这个画画比赛，听爸爸后来说，我当时画的水墨枇杷也没有那么好，是他帮我拉了票，所以我才拿了奖。我想爸爸把这事告诉我是想让我有自知之明。但我在幼儿园里被评为优秀少儿可是货真价实的。

　　小学我一直都是班长，奖状贴满了家里的一面墙。我现在想，爸爸把我的奖状贴在家里墙上的这个举动，是为了时刻提醒我要一直做个好孩子。每次获奖，爸爸都会给我鼓励和认可，而他们越认可我，我就越觉得不能让他们失望。

　　既然一直要做一个好孩子，我就得开始想办法了。于是，我开始在心里琢磨怎样才能更轻松地做好孩子。小时候其实还挺顺利的，首先就是每天做好规划，我比别人更自律，该学习的时候专心学习，该玩的时候开心玩，这样能平衡自己内心，我没觉得比别人玩得少，但我也学得好。

慢慢长大，我开始做一年的规划。有段时间，我阅读了大量的传记作品，开始幻想着长大以后要做什么，就这样从年规划慢慢就过度到了人生规划。我还记得我以前在一个小本子上写过，长大要成为一个哲学家、成为一个企业家，要到中戏、北大、牛津、哈佛学习。同是在这个小本上，我也写每天必须完成的事情。高瞻远瞩的同时，也要把每一件小事都踏踏实实地完成。

我一直记着初中班主任鼓励我们的一句话：把目标定到月亮上，你可能到不了月亮，但是你到了屋顶，也很不错。我在北京考学的时候碰到很多小伙伴，他们和我一样是艺考大军中的一员，很多人甚至走南闯北，从北京考到南京、上海。他们报了很多我没有报的学校，但我知道我的目标是在月亮上，我是冲着名校来的，要决一"死战"。

我很感谢我的姐姐，她专门请了一个星期的假带着我来到北京考学。但是我的考试时间要持续一个月，一个星期之后，姐姐就要回广州，留下我一个人在北京。当时姐姐心里可能比我还要焦虑，于是她把她在北京的好朋友都叫了出来，告诉大家，她回广州之后，我就要劳烦他们照应了。

姐姐的大学班长是一位很有智慧的哥哥，这位叫张超的哥哥当年在北京是很多电视剧项目的负责人，现在在四

川电视台。吃饭的时候，他问姐姐，有没有给我讲什么应
试诀窍。大大咧咧的姐姐哪有这种心思，她总是想到什么
说什么，遇到什么化解什么，从来没有给我讲过什么应试
诀窍。最接近应试诀窍的一句话就是：把考官当成土豆。
这句话还是当年指导她考学的关皓哥哥说的。

张超哥哥一看我姐笑得不亦乐乎，只好说，我来教阿
妹考题三大定律吧。他要我记着所有的关于写作的考试题
目大致都跟这三个题目有关：我的父亲母亲、我的童年往
事、最难忘的一件事。

当时我没有领悟到这一点，姐姐听完之后一直点头说
对对对，但是其实我并不明白。直到我大四开始带自己的
学生，才开始意识到这三大题目的含义。

实际上，我现在已经想不起当年考学时的考题了，但
是经历了十来个专业的考试，我常常写作写到泪流满面，
连试卷都弄湿。

考试的时候如果写散文，我一定会把自己写哭。如果
是写故事，我就会特别兴奋，觉得自己在创造一个无与伦
比的世界，这个世界里的每一个人的行为举止都在意料之
外又在情理之中，埋下的一个个伏笔，你都会发现它的精
彩之处。这让我很开心，因为会觉得自己的逻辑思维特别强。

姐姐还有一位好朋友是她的高中小师妹刘博士。我考学
的时候，刘博士正好从英国读完电影学博士回到北京工作，
姐姐回广州之后，我就住到了刘博士家里。刘博士和我们都

是英德人，虽然现在的她雷厉风行，用英文和外国片商通电话会议的时候强势得不得了，但是她当年在中学也是文艺尖子，舞蹈功力深厚。刘博士问我，你准备了什么才艺去考试啊？我说我想唱一段粤剧，当时她差点笑喷了。

其实这个点子也是姐姐的一位好朋友提供的，这位好朋友是当时姐姐在电视台的好搭档加飞哥哥。加飞哥哥是个娱乐节目主持人，主打谐星路线，知道我要去考中戏以后，一定要来家里辅导我，每次姐姐和他说话，我都觉得他们是在讲相声。没想到他对我要考学这个事情很认真，很严肃地对姐姐和我爸妈说，强烈建议我在表演才艺环节展现我们岭南的曲艺文化，还执意要教我唱一段粤剧《卖荔枝》。

于是我会的唯一一段粤剧就是《卖荔枝》了。十八岁的我也不知道哥哥姐姐们说的话是认真的还是开玩笑，总之刘博士知道我要唱《卖荔枝》之后，竟然要教我跳一个舞来配它……

于是我在刘博士家里花了一个晚上又学了《卖荔枝》的舞。学完这个舞，接下来的三天里，每堂考试结束后，刘博士都要问我有没有表演这个舞。我一直没有找到机会在考场上表演《卖荔枝》，直到最后电影学院考录音的时候才表演了这个舞。后来刘博士问我考官们的反应如何，我记得当时的考官们都没有抬头看过我。

但是我心里知道，考官们肯定都觉得我特别可爱。因为我在电影学院的录音专业考试也通过了。

习惯决定未来

我从上初中开始，就已经对自己的
生活有了一些明确的规划。

习惯对人的影响很大。千里之堤溃于蚁穴，点滴之水汇聚成江河。实在是不能小看每天点滴行动带来的影响。想要达到目标，就应该行动起来。

我算是从小自制力就比较强的人，可能还有点强迫症。比如每天放学后先做什么作业后做什么作业，同一本书里面只能用一种颜色的笔标记，每一页书不能折起来，书在书包里必须按照顺序放好，也不能弄脏一点点……

我从上初中开始，就已经对自己的生活有了一些明确的规划：

一、每天明确当天要做的事情。

尽量保证计划的可行性，需有一定的难度，但只要专心努把力就能完成。太简单的会没有挑战性，容易让自己懈怠。但太难又容易打击积极性，没有迫切完成的动力。

二、迎难而上，今日事今日毕。

在所有的计划中，先挑你认为难度最大的进行攻克，把最难的做完之后，你会获得充分的信心，难的都做完了，容易的就轻松完成吧。还有就是今天要做的事情千万不要拖延到明天，因为明天有明天的事情等着我们。提前一天完成别人交给自己的工作和任务也是一个很好的习惯。

三、用业余爱好给生活添点小情趣。

我在上初中的时候就特别喜欢养花，每天回家总会先打理窗台的花花草草。窗台上绕满了绿叶，在学习的时候心情就特别舒畅。我还会坚持练字，练字是能让人迅速静下心来的一个小办法，要把字写好需要坚持，字如其人也是有一定道理的。当然，你的爱好还可以是画画、烹饪等等，只要你喜欢的，坚持去做就好啦。

四、每天打扫卫生。

有一个心理学的研究显示：你的房间就代表你的心。不知道你们有没有这样的感受，我觉得这个研究还挺到位的。记得在我上高中的时候，课业非常繁忙，学习的时间都很紧张就更别说抽时间跟家里人谈心事了。但是妈妈好像总能读懂我的心思。每次我遇到了事情或者很烦躁的时候，爸妈就会主动地问候和开导我。后来我才知道，妈妈会观察我的房间，她说："你房间一乱，心里肯定也就乱了。"

所以每天在自己疲惫不想学习、工作的时候，抽十分钟把你生活的区域打扫干净，这其实也是在打扫你的内心。

五、阅读和写日记

说实话这个习惯很重要而且用处大，但是要养成真的不容易。每天固定时间阅读，然后每天坚持写写日记记录生活。一方面是梳理，另一方面这是自己以后"复盘"的依据，而且看看过去的自己也是很有趣的。

现在想起来觉得要把这些小要求都做到确实不容易。在心理学上有一个21天定理，简单来说就是一个行为坚持21天，这个行为就可以成为你的生活习惯，坚持的过程也许是痛苦的，但一旦形成习惯以后就能简单许多，并且能给你带来很多意想不到的好处。比如让你节省更多的时间，更大的好处是能给你带来信心，因为你想要做的事情正在按部就班地完成。

我和姐姐最大的不同之处在于，姐姐是一个处事应变能力非常强的人，而我是一个非常有计划性的人。姐姐可能昨天答应了我今天考试要陪我一起去，但第二天早上起床的时候，她可能就会放弃这个想法。

艺考那一个月是北京最冷的时期，姐姐和我住在北五环黄宇峰哥哥的房子里，早上的考试八点开始，我们必须七点四十五分进入考场，那意味着我七点半一定要到达考场所在的那个学校，但是从北五环出发，无论是到北师大还是中戏，或者是中国传媒大学都非常不容易，因为要转很多趟地铁线，有的出了地铁还要走很远的路甚至需要打车。所以每天晚上，我会先和姐姐研究好我第二天要走的路线，然后记下来，第二天六点要出门，五点半就要起床收拾。

　　晚上通常我们吃完晚饭十点多才回到住处，收拾好躺下聊几句就已经过了半夜十二点，只睡四五个小时确实很辛苦。有一天，我姐问我，阿妹，明天你可以自己去学校吗？我想了一下说我可以的，我已经十八岁了。虽然每次考试，学校门口都站了很多家长，但是天气那么冷，家长们都很辛苦。我已经不是温室的花朵了，虽然第一次到北京，但只是自己去参加考试而已，没什么难得倒我。

　　那天一早五点我的闹钟就响了，我特意调早了半个小时，迷糊中，姐姐推醒了我。她握着我的手说："妹妹，你自己去学校吧。路上注意安全，祝你成功。"

　　虽然说这个话的时候，姐姐还迷糊地闭着眼睛，但是我并不觉得她在开玩笑。我心里充满了感动，心里暖暖的。那天我出门的时候天还没亮，路上还有昨晚下的雪，每走过一步都会踩出一个好看的鞋印。走十五分钟，就可以到地铁站，看着早上最早的一班地铁开过来，我觉得自己充满了能量。我觉得从此以后，我去任何一个陌生的城市都不会再害怕。

　　后来姐姐跟我说，其实那天早上我出门之后她就睡不着了，心里隐隐地担心，又充满了愧疚。但是，后来证明她是对的，总有一天，我也要长大、要自己一个人走出去赶赴生活的战场呀！

我肯定能考上中戏

一个眼界开阔的孩子不会轻易拘泥于当下，不会因为一点小事就患得患失、担惊受怕。

　　每个人都有自己的思维方式，基于此也就形成了人与人之间的差别。从小爸妈和姐姐都一直引导我，他们大概的意思就是：无论是男孩还是女孩，都要多看书、多经历，读万卷书行万里路，拥有一颗能为现实流泪也能为梦想欢喜的心。

　　直到我上了中戏，才算真正懂得了什么是思维方式。简单而言，思维方式决定了你是一个什么样的人，以后适合从事什么样的工作，会以什么样的形式和心态对待生活。

　　思维方式指的是你看待事情的角度。你看问题比别人全面还是片面？会有自己独特的角度、观点还是同大多数人一样随波逐流？这里并没有绝对的好与坏。

　　现在非常火热的艺术专业考试，考场上，老师其实就是在观察不同考生的思维习惯，其中包括观点的阐述、对事件的解读和评论的深浅等等。归根到底，这一切又与个人的成长环境、经历和阅读等息息相关。

　　我考上中戏后，我的老师曾跟我谈起，当时考试的时候对我的感觉就是这孩子思维开阔、逻辑严谨、表达也很清晰，虽然长得并没有特别好看，但是给他留下的印象很深刻。

　　我在开始的时候也不懂思维方式是怎样形成的，后来才知道，它跟我自己一直以来看过的书、学过的知识、看过的电影等都很有关联，思维方式是可以培养的。我们高中时文化课的学习也是一个思维逻辑培养的过程。在一定程度上来说，文化课成绩优秀，一个高考文科理科状元可能并不能代表什么，但是毋庸置疑的是这些佼佼者有很强的执行力、理解力，并且找到了自己的一套方法，也因此他们才能在这些考试中脱颖而出。

　　当然，眼界的开阔确实需要经历。我的老师曾在编剧课上讲过一个研究结论：编剧能力非常强的人居然多是中年的家庭主妇，而且还需要受过一些感情创伤和现实生活的压迫，这类人会非常有表达的欲望，而且她们有真实经历，感受真切，做出的作品往往能更感人。事实的确如此，很多著名作品的编剧就是她们。

　　我觉得我之所以能考上中戏跟姐姐对我从小的引导关系非常大，她让我从小接触这个行业，给我传递很多行业前卫的思想，不断肯定我的同时又监督磨炼我，相信我并给我机会练习又尊重我的喜好，帮我开阔了眼界，这样我才能在考试的时候比同龄人更了解行业，对行业有更敏锐的触感。

　　一个眼界开阔的孩子不会轻易拘泥于当下，不会因为一点小事就患得患失、担惊受怕。相反，他有自信并不卑不亢，因为他的眼界是开阔的，他的世界也很大。我们为什么不成为这样的人呢？

在中戏的最后一场考试，结束的时候是晚上十点，走出考场，我看向星空，觉得特别轻松。那一刻，我觉得自己肯定能考入中戏，因为那天晚上在考场，我和老师聊得特别愉快，我觉得自己能看到老师想要的东西，老师也看到了我身上有他们想要的东西。

考试日复一日，我的眼界和思维方式也开始有了变化。我在考场上也越来越自信，越来越能找到自我了。

你只要展现最真实的自己

考试结果让我很满意，中戏、北电、上戏这三所学校只要我想上都可以上。

　　参加艺术类专业考试是一段可以让人在短时间内快速成长的经历，在这个过程中，你需要不断寻求别人的认可，不断地肯定、否定自己，这是一个不断激发自身潜力、锤炼自己，同时寻找真实自我的过程。

　　我是2013年春节后到北京参加艺术类专业考试，考试期间在北京住了快一个月。此行目的明确，就是冲着名校而来。家里人希望我从小就能接受最好的教育，如果考不上清华、北大，那就去中戏、北电也挺不错。一直以来，我都特别喜欢北京大学的心理学专业和广播电视编导专业，可是以我当时的成绩除非能在高考中超常发挥或者北大能为我降二十分录取才有把握。姐姐当时就说既然你对影视行业感兴趣，那就去考中戏、北电吧。爸妈也同意了，毕竟在名校能获得更多的资源和更好的教育。

　　春节过后，姐姐带着我来到了北京。我没有上过任何考前培训班，只是从初中开始就一直跟着姐姐接触媒体和影视的工作。到北京后，姐姐开始带着我见她行业里的老同学和老师们，他们都给了我各种提议，比如让我在考试中展现出更真实的自己，并让我在最短时间内了解艺考。

在北京艺考的那段时间是我过得最充实的一段时间，自己一个人把日程安排得满满的，考试一场接着一场，可能一天连吃饭的时间都很少，就算匆匆吃个烤地瓜都觉得很开心，但我没有一点抱怨的情绪。就是从这个时候开始，我真正爱上了北京；就是从这个时候开始，我发现自己突然拥有了一种能力：我能从容地应对各种事情。我不知道这算不算是一种成长。

每一场考试仿佛就是和不同学校的教授见面，急切地和他们沟通交流，每考一次试就增长一次经验并获得各种意见，这些都让我感到十分欣喜和满足。每个学校都有自己独特的风格，我一直相信艺考其实是一个双向选择的过程，老师在选择你、判断你是否适合这个学校，同时你也在感受学校、检视这里的氛围是否适合自己。不卑不亢地给老师展现最真实的你，你需要做的只是表现自己，剩下的就不需要去担心了。

现在回想起来，我在考试的时候并没有想过结果，心态很好。因为我也是想趁着这个机会检测自己是否适合影视类学校，如果能考上，可以作为我的一个大学备选，我并不是非这些艺术类院校不上。我一直都有满满的自信，凭我的文化课成绩，我也能上一个自己想去的大学，所以我不害怕，无所畏惧。

没有期待，也没有想过成败，我只是把自己要展示的都展示出来，这就是我。考试结果让我很满意，中戏、北电、上戏这三所学校只要我想上都可以上。

　　上海戏剧学院的老师还打电话到家里，告诉我妈妈，我考了上戏的三个专业，成绩都是前三名，上戏非常欢迎我报考，也希望我可以报考上戏。是报中戏还是报上戏，是去北京还是去上海，我做过激烈的思想斗争。但是回想起我在北京考学的点点滴滴，那短短的一个月，我已经爱上了这个城市，我希望自己能走进那个胡同，生活在那个爬满常春藤的校园里面。

　　我非常感恩，感谢所有的师哥师姐和老师以及考试中遇见的非常友善的同学，是他们给了我这份难忘的成长经历。直到我真正上了中戏，我真正确定了这就是我想要的学校，虽然跟我想象的不同，但是我享受在这里的每一天、每一堂课、每一段经历。

经历有限就提高感受力

> 创作是自发的，源自生命最初的感动，很多好的创作都源自创作者的自身经历。

　　要么不做，要做就要做到最好。要把这句话当作你做事的原则，只有这样才能确保做每件事情时不留遗憾。

　　要想把一件事做好就必须让自己全身心投入。尤其是面对艺术时，让你的身心进入那个不一样的世界，把你的注意力集中其上，将你的情感全部倾注于它，这样创造出的作品才能迸发属于你的独特气质。

　　那个冬天的早上，我一个人坐地铁去考场。"外面的世界很精彩、外面的世界很无奈"，我对我周围的世界充满了好奇。我轻快地迈着步子，等着迎接我的下一班地铁。这时，我注意到了地铁栅栏外的广告：

　　"妈妈，妈妈，我长牙了。"

　　"妈妈，我长牙了。"

　　说话的小象始终没有等到象妈妈的回应，妈妈只是低着头。

　　"妈妈，我长牙了，为什么你好像不高兴呢？"

　　这几句话，让我眼眶湿润了。

　　一路上，"妈妈，我长牙了，为什么你好像不高兴呢……"

的声音和大象妈妈低头不语的画面一直在我脑海里回放。

　　那天我准备参加上海戏剧学院编导、戏文、艺术教育三试合一的初试，在地铁上的我很困，站着都能睡着，可是我却满脑袋都是这个公益广告。地铁到站，我走在出地铁的过道上看到了"若象无牙、虎无骨、熊无胆、人无仁"的公益广告，外面的冷风吹进来，我瞬间清醒，身旁走过背着书包前来参加考试的小伙伴们，我侧身停了下来，站在那些公益广告前，眼前是可爱的叫着妈妈的小象，脑海里却是一场场残忍的杀戮，某些人为了利益不顾后果忘却代价，我满腔愤怒的同时，也为那些做出如此恶劣行为的人感到羞愧。

　　那天散文写作的题目是二选一，"代价"和"年夜饭"。我没有专门去上考前培训班，也不懂得那些应试散文的写作技巧，那应该是我在北京的第一场散文写作考试，我只是觉得自己有很强烈的表达欲望，我有很多话想要表达，我不知道我是否正确，但我不害怕，因为我觉得并不是所有东西都必须得分出个对错，毕竟这不是数学，标准答案是5，就只有5是对的。这世界上，有很多东西可以是中性的，所以我还是勇敢地写出了我自己的想法。我选择的题目是"代价"，在文章中，我把早上的经历，我脑海中的场景用笔写了出来。我一边写，一边流眼泪，感觉到痛心、无力的同时又很气愤，希望自己能够做点什么，哪怕是一点点。把那篇散文写完，我把自己带去的纸巾也用完了，坐在前面的我被监考老师注意到了,但是他们也没有什么反应。或许在他们眼里这很正常,或许他们只是不想打扰我,又或许他们其实没发现。

但这些都不重要了,这是外面的世界,你要想把一件事情做好必须全神贯注、专心致志,其实如果你真的投入、喜好这件事情,专注也是自然而然的。如果还做不到专注,你需要做的是找到自己喜好的事情,培养自己专注的能力。

过了没多久,我去看榜,发现我的名字被排在了榜首,我取得了非常好的成绩。即便我那天哭得很丑,但仍然被人认可了。

感受力强的人才能做艺术,这样的人能够很自如地和周围的世界产生关联和沟通,由此也才能做到同心体悟、感受到别人的生命温度。创作是自发的,源自生命最初的感动,很多好的创作都源自创作者的自身经历,但我们又不得不承认每个人的经历都是有限的,也正因如此,感受力才如此重要,它能够让你的经历丰富起来。

创作需要经历更需要感受力。

把自己设定成黎姿

後来上戏的成绩出来，我的编导成绩是北京考点第一，全国第二。

　　那是我第一次看见大雪纷飞，在北京，上海戏剧学院编导三试的考场上，我在备考，即将进行的是单人面试和两人一组的小品表演。我看见窗外白色的雪花飘在空中，又缓缓落下，心里喜悦万分。

　　第一次见到雪，我走到备考室窗前，身边备考的同学们欢喜得跳起来，他们来自全国各地，有的是第一次看雪，有的是从小就习惯在冰天雪地里生活。

　　我考试的搭档是一个来自东北的女孩，她问我你不兴奋吗？我笑着说我很兴奋啊。她说那怎么也没看你表现出来。我看着她认真地说，我心里有一种很特别的感受，是兴奋喜悦都形容不了的，这是十八年来的一个新感受。

　　我首先进考场参加单人面试，一如既往地向老师展现我的乐观活泼以及很强的求知欲，什么都不懂却无所畏惧地对世界充满了好奇。一切对我来说都很新鲜，十位上海戏剧学院的老师看着我，期待看到最真实的我。有的老师对我小学到香港交换学习的经历很感兴趣，跟我简单地了解了香港的学习生活，还对我进行了英文面试。

　　两人一组的小品考试，我和我搭档抽了一个叫"城管和小贩"的主题，我们商量了五分钟，她说她演城管，那我就演小贩吧。我一直在寻找自己跟小贩可能有的相同的情感经历，小贩可能会有什么样的生活，小贩有什么样的家庭等等。

　　我从小在家特别喜欢看 TVB，吃饭时不顾爸妈唠叨把饭碗捧到电视机前面边吃边看。我上了大学后还自豪地跟我的老师和同学说我看过 TVB 的每一部剧，而且有时还看过不止一遍。

　　我有一个很喜欢的女演员，她有两个酒窝，迷人又落落大方，她的人生经历很曲折，所以我觉得她特别有味道。她出生在一个电影世家，九岁以前是一个衣食无忧的白富美。后来因为父辈家产争夺，家道中落，她十四岁就辍学，把读书机会给了弟弟，自己学演戏。我之前看过一个她的采访让我泪流满面，她说："家里没有收入，责任就落在我身上，我不能继续念书，但想弟弟能念下去。""我是老大，我要照顾整个家庭。"

　　她叫黎姿。我是家里的老二，大小事都有老大给我扛着，有老幺跟我做伴，责任对我来说其实是一个新的体验。

　　我跟搭档进入考场开始演的时候，我把自己当成一个小贩，城管来了，要把我的摊全部没收，我开始酝酿着情绪，把东西都抱在了怀里，说道："我还有一个弟弟，要上学，要靠我的收入……"情绪开始慢慢爆发，我开始大哭，再也收不住。我当时给自己的角色设定就是一个像黎姿这样的姐姐，责任感爆棚，要保卫整个家庭。我也不知道我哭了多久，具体的故事情节设置我已经忘了，只记得自己给自己的角色设定和最真实的感受，反正就这样演下来了。到最后老师说可以了，我站起来抬头看那十位老师，他们惊讶地看着我，对着我肯定地笑了，有老师安慰我说别哭了，你入戏了。直到走出考场我都还沉浸在小品表演考试的情绪里面，我擦干了眼泪，那一刻，我已经能肯定，我一定能拿到上海戏剧学院的专业合格证。

后来上戏的成绩出来，我的编导成绩是北京考点第一，全国第二，当时深夜和我的考试搭档聊要不要报上戏，她也拿到了合格证，但是她担心她排名有点靠后怕录取不上。后来家里人商量让我报中戏的时候，我告诉她我要去北京了，她还发了一条朋友圈讲述我们两个的考试经历，说如果我报了一定能录取，但是我放弃了，让她又多一个机会，说了祝福说了感谢。

我当时觉得她是一个善良又美丽的女孩，在心底为她祈祷。她最后还是被上戏录取了。我去了中戏，后来偶尔还会看见她在各个地方拍片子的朋友圈状态信息，很为她开心。虽然我们现在已经很少联系了，但是我偶尔还是会想起和她一起在考场的对话。感谢在考试的时候有她陪伴，感谢我们的相互成就。艺考让我们相遇，我们都一样，有感受世界的能力。

第二章

很多年前还有人称演员为戏子，觉得演员是卖艺谋生的，和教授、医生、科学家等高级知识分子不能比，其实这种言论非常肤浅。这是一个讲究实力的社会，不要戴着有色眼镜看颜值高的人，人们认为颜值高的人就是靠脸吃饭，你可知道这群靠脸靠演技吃饭的人看过多少书，读过多少诗词，背过多少理论？

新校区

两个校区虽然都是中戏，但给我的感受是截然
不同的。

我最终选择了中戏的戏剧影视导演专业影视制片方向，
也就是影视制片管理。

中戏一共有两个校区，老校区在二环内的东城，新校
区在五环外的昌平，坐落在清代雍正年间的平西王府旧址，
古都风貌与国际化风格的校园交相辉映。我们是属于第二
批入住新校区的学生，也是最后一批大三大四回老校区上
课的学生，很幸运也很有意思，能真切地感受到两个校区
给学生带来的不同的氛围和感觉。

与新校区相关的故事和段子很多。有一个比我大两届
的师哥，在他上学的时候就听说中戏新建了一个校区在昌
平，当时他爸妈就给他在新校区对面的小区买了一套房子，
想着如果不想住宿舍住家就会很方便。谁知这个师哥还是
成了最后一届四年都在老校区上课的学生，基本没有来过
遥远的昌平新校区，更别说住学校对面的小区房子了。

比我大一届的师哥师姐们是第一届入读中戏昌平新校
区的学生，在他们的口中，总称自己是被遗弃的一届。当
年他们大一开学时，因新校区没有建好，所以开学时间推

迟了整整一个月，到十月底才正式报到入校。

一位师哥跟我说过，当年他考上中戏的消息轰动了左邻右舍，各亲戚好友纷纷前来道贺，给爸妈脸上添了不少光。但因学校延迟开学，邻居发现别的孩子都去上学了，只有他天天还待在家里，终于忍不住担心地问他爸妈："你们家儿子没事吧？怎么一直没去上学呢？"他爸妈回答说："孩子上学的校区还没建好呢，十月份就上学。"邻居似信非信地笑了起来。师哥说当时他的中学同学都放国庆假了，而他却还在放暑假，也是爽了。

当时新校区刚刚建成，周边设施都没有完善，不过在学校旁边还有一个北京邮电大学，吃腻了中戏的食堂就可以跑到北邮食堂换换口味。

中戏全校师生也就一千多人，基本每个专业的直系师兄弟师姐妹都会认识，师哥师姐会给师弟师妹提供专业上的帮助。由于我们专业的特殊性，经常需要拍片子，这个时候师哥师姐们就会找师弟师妹帮忙，师弟师妹也可以在师哥师姐的片场汲取经验。

但是第一届进入新校区的学生就没有师哥师姐帮助，他们的师哥师姐都在遥远的东城南锣鼓巷里，从北京的二环内到五环外至少有一个小时的车程，师哥师姐们就是想管也是爱莫能助。听说在我们第二届新校区成员加入时，学校也就只有四百来人，基本在校园里见不到什么人，在食堂打饭从来不需要排队。

我在新校区住了两年，又搬回老校区住了近两年，两个校区虽然都是中戏，但给我的感受是截然不同的。如今新校区建得越来越完善，有室内游泳馆、健身房、影视楼、剧场等，周边开了大商场、大超市，也开满了各种店铺，越来越繁荣，学校对面的小区房价已经涨了数倍。

老校区依旧是喧闹的南锣鼓巷中的一片净土，外面很喧闹，每天都会有游客站在门外往里拍照，但校园内依旧充满着戏剧气息。

玖咪咪，有你的快递

这里的学生快递单上姓名栏填的都不是真实姓名，而是代号，比如关小姐、茵宝宝、玖瑾年，有的同学甚至会有两三个不一样的代号。

中戏至今已有 80 余年的历史，是中国现代戏剧艺术教育的发源地。中戏昌平新校区总面积有 22 万平方米，东城老校区就只有一个大篮球场、一栋宿舍楼、图书馆、两栋教学楼、一栋办公楼，走进学校可以一眼看清楚整个校园，可是就是这个小小的东棉花胡同，却走出了不计其数的艺术家。建校以来，中戏培养了万余名毕业生，学校办公楼教学楼的走廊、校史馆里都挂满了观众熟悉的中戏校友的照片，每每看到，都感觉无比荣耀，又觉得肩负重任。

中戏老校区有很多趣事。比如这里的学生快递单上姓名栏填的都不是真实姓名，而是代号，比如关小姐、茵宝宝、玖瑾年，有的同学甚至会有两三个不一样的代号。

有一天中午去帮同学取快递。

"申通大哥，陈佳的快递。"我在学校门口叫道。

申通的快递大哥拿起陈佳的快递，抬头看了看我，问道："你不是徐小娴吗？这还有一个你的。"

"哈哈，是的。我帮陈佳拿快递。"我接过两个快递，准备走进学校，那边圆通的大哥忽然对我喊道："等等，这个吕阿姨也是陈佳的。"

我当时就惊讶了,"大哥,你怎么知道陈佳也叫吕阿姨?"

快递大哥笑了笑说道:"我还记得她的真名呢。"

快递大哥们的机智确实把我惊住了,我随口问了一句,"那还有茵宝宝的快递吗?"

圆通大哥连忙说道:"有啊,她不是一般中午很迟才起床吗,所以她的快递我都是下午给她打电话的,你帮她拿回去吧。"

"哈哈哈,大哥你居然连我们的作息时间都摸清楚了。"我感叹道。

我寄快递给自己取非主流代号的习惯就是在中戏老校区养成的,每次打电话让同学帮忙取快递说:"玖瑾年,中通,帮我取一下,谢谢。"这时总会得到这样的嫌弃:"玖瑾年,什么非主流名字?"

连妈妈都觉得我这非主流的代号太奇怪,然后给我改了一个叫"玖咪咪"。听完我们全家都哈哈大笑,不过妈妈喜欢就行。

说到中戏的老校区,就不能不提起北教学楼前的那个诗意的小花园。小花园里有棚有花有草还有瓜。中戏的老师和同学都非常具有创造力,把这个小花园的功能发挥得淋漓尽致。这个美丽的小花园除了具有观赏和休息功能外,还具有实验教学功能。实验戏剧《罗慕路斯大帝》就在这个小花园里实景演出,观众和演员近距离接触,非常热闹、精彩。

新疆的都来了，广东不算远

"你怎么这么晚？""因为堵车了。""你家很远吗？""有点远，在广东。"

大学一年级第一天报到的时候，因为没料到北京的堵车状况，所以我迟到了，成为全校最晚报到的学生。

姐姐和哥哥开车送我到学校，下车我就一路狂奔去报到。领资料时，老师问我："你怎么这么晚？"

"因为堵车了。"

"你家很远吗？"

"有点远，在广东。"

我看老师好像舒了口气，但她却说道："新疆的都来了，你那里不算远。"

我有些不知所措："老师，不好意思，我下次会早一些的。"

说完我赶紧跑去拍照，拍照的大哥可能因为等我等太久，态度也不太好。看见我匆匆忙忙跑过来，满头大汗，蓬头垢面的，他说："你再不来我就准备收摊了。去那边坐下吧。"

我喘着气，在蓝色幕布前刚刚坐下就听见拍照大哥说："好了，可以了。"

我惊奇又不太好意思地问："这……这么快就拍好了？可以给我看看吗？"

拍照大哥说："开学了你就能看见，就算现在让你看见了也改不了了。"

等开学看到校园卡和校园系统上的照片时，我的内心是崩溃的。

找到 408 宿舍，宿舍其他同学早就到了。我的对床是一个烫着波浪卷发的女孩，我们在考场上就已经遇见过。

那天是中戏专业的最后一试，我还是一如既往地一个人到了学校门口，当时离考试还有一段时间，我就走进了学校对面的地铁奶茶店，买奶茶时，有一个优雅的阿姨带着一个和我年纪差不多的女孩也在喝奶茶。阿姨看着我，我也看着阿姨笑了笑，阿姨问我是不是也来参加考试的。我笑着说："是的，阿姨，今天最后一试了。"考试的时候发现这个女孩就排在我后面一位，我们是连着的，就更觉得有缘分了。入学之后，她成了我的室友，我的对床，我们成了非常要好的朋友。现在想起来，我们还是应该相信缘分的。

我们的住宿环境很好，有会客厅、电视，我们这一届住的是新宿舍楼，所以一切都是新的设施。后来，世界杯期间，我们一层楼的女生集体出来坐在客厅看球，还一起看过《爸爸去哪儿》。

那天晚上，姐姐和哥哥给我打点好床铺，买了生活用品就要离开了。我送他们出校门，有点不舍。想着我就要在这里开始我四年的大学生活了，又担心又充满期待。

姐姐说，大学是一个快乐的天堂。

越禁止就越激起欲望

我们用一个脸盆装着西瓜，关了灯，大家偷偷摸摸地分着吃。

　　学校在给同学分配军训时住的宿舍时，花了一番心思，每个宿舍都有不同专业的同学。我们刚刚进学校，不同专业的学生可以在一起多接触交流。

　　军训时，我们的宿舍有六个同学，两个表演专业、一个导演专业、一个编导专业、一个制片专业、一个戏管专业。我对她们五个的感觉就是，就算我们很久很久没见面不说话没联系，但只要看见了对方就感觉特别亲切。

　　军训的那段时间，大家的生活习惯都特别规律，每天五点起床，晚上十点熄灯睡觉。每天都出奇的饿，吃完两大碗米饭、两大个馒头都不够。旁边宿舍的姐妹每次吃饭都会打包十几个大馒头带回宿舍，晚上偷着吃。每天吃馒头白饭、喝绿豆汤都很开心。

　　军训期间，明令禁止学生买零食，但越是禁止就越激起我们买零食的欲望。其实大家并没那么想吃，只是偷偷去买零食的过程让人觉得很刺激、很过瘾。我是一个很乖的学生，老师说不能去做什么，我就不会去做，甚至不会去想做这个事情。但看见我的小伙伴们偷偷去买，我还是觉得特别有趣。

　　军训结束的那天晚上，我后来的好朋友飞翔不知道从哪里买来一个大西瓜，我记得当时我们用一个脸盆装着西瓜，关了灯，大家偷偷摸摸地分着吃。西瓜没有多甜，吃得提心吊胆，却特别的甜，吃得很狼狈，却特别的温馨。

　　虽然军训那段时间很辛苦，但因为有那么多志同道合、且有趣又有颜值的伙伴们，我过得非常快乐，累并快乐着。

蹭课 | 我愿意去相信生命更多的可能性，愿意去经历生命中更多不同寻常的经历。

　　大一第二学期开学第一天的师生见面会上，班主任给我们留下的三句话让我印象很深刻，其中一句是："走远了，别忘了自己当初为什么要出发。"这句话在当时对我的触动非常大，我开始思考自己为什么来到这里？考上了中戏，我想要学习的是什么？

　　会上班主任还介绍了学校设立的奖学金，他说大一学年获得国家奖学金很难，因为大一基础学科最多，学习内容也最多，要每门成绩都达到奖学金的标准很难，在他的印象中，我们系好像还没有同学在大一学年就拿到学院一等奖学金和国家奖学金。

　　其实我当时听到这里就想，我要努力尝试大一就拿学院一等奖学金和国家奖学金。我是一个很愿意尝试的人，很多东西我都想试试，心里经常会有一个既定的目标，但是做不到的时候我也很容易释怀，很容易原谅自己，所以一般不会为了某些事情感到特别难过。我也不知道自己怎么形成的这种性格，可能是因为比较健忘，经常有一些不快乐的事情，我当时会不开心，但转头很快就会忘记。这好像是我们一家人共同的特点。

　　我记得我上中学的时候，当时媒体对蔡依林的评价是"拼命三娘"。我当时特别推崇努力的人，我喜欢拼搏的他们，并且急切地想要向他们学习。那些努力的人在我读中学的阶段给了我很多动力。当时有媒体问蔡依林为什么要那么努力，对自己那么苛刻，蔡依林回答说："我心里自己会有一把尺子度量自己，每天都会给自己打分。别人可能只要求我有六十分或者八十分，但是我会要求自己要拿一百分，而且会要求自己一次比一次进步，如果没有达到自己当时给定的标准或者期许，心里就会觉得特别难过和自责。"我把这句话抄下来贴在我卧室的墙上，时时提醒自己要努力。

　　大学时，我经常到别的专业蹭课。我觉得只有在不同专业的课堂里才能最深切地感受到不同专业的差别和魅力。我大学一年级时蹭课最多，那是充满好奇、憧憬和干劲的一个学年，我就像是块海绵，不断地汲取各种各样的养分。我总是一开学就找各个专业的好朋友要他们的课程表，看看有没有自己感兴趣的课程。

　　我小时候一直都喜欢跳舞，所以我对形体课很感兴趣。我拜托一个导演班的好朋友带着我去问老师能不能让我一起练习，没想到老师特别亲切地答应了。在这个课上，我学会了对身体的控制。至今我仍然特别感谢教形体课的刘老师，是她给了我学习的机会。除了形体课，我还去上了编导班的表导课、戏文班的鉴赏剧作课等等，进入了他们的课堂就真的能深切感受到各专业不一样的魅力。

　　一直以来，我都是一个感情特别丰富的人，看到别人笑我很容易跟着笑，看见别人哭我也很容易觉得鼻子酸，特别容易被别人的情绪传染，也特别能感受别人的感受。我愿意去相信生命更多的可能性，愿意去经历生命中更多不同寻常的经历，愿意去体验更多不同的情感。

越来越"双子座"

经过了一个学年的积累之后，发现其实很多专业上的东西并没有那么难。

　　我在中戏学的专业叫做影视制片管理，是一个将艺术和生意结合的专业。很多人会混淆制片专业和导演专业，其实学制片可能要懂得更多，制片管理需要把整个影视剧制作团队的人员串起来，少懂一个环节都不行。

　　制片管理是影视剧制作中的术语，指在特定的影视剧作品的生产和组织中，有效地利用资源以实现影视剧生产目标而进行的有计划、有组织的控制，是影视剧运作等一系列工作的总称。换言之，制片管理涵盖影视剧策划、制作和运作的全过程，其目的是使影视作品的生产活动通过使用可靠的资源，通过最佳的制作流程提供市场需要及观众满意的精神产品。

　　制片其实是一个笼统的说法。狭义上的制片是指影视剧生产的一个部门。广义上的制片也可以指影视剧生产上的管理者和管理者从事的管理工作。制片部门的人员组成包括：制片人、制片主任、生产制片、外联制片、生活制片、剧务、场务、司机、会计、跟组医生等。简单地说，制片部门的主要任务是在制片人的领导下监制整个影视剧的创作，并为摄制组提供拍摄和生活所需的各种设备和服务。

我们专业的名字叫做戏剧影视导演专业影视制片方向，其实影视制片在中戏教学主要涉及商科和电影两大板块，目的就是给影视行业培养懂得商业运作且又具备电影鉴赏和制作能力的专业型人才。

我来中戏是为了能够真正了解影视行业最先进的制作技术，同时也想要感受其无尽的文化情怀。我作为一个文化生，一直以来学习成绩都还不错，对于商科的学习我是占优势的。为了能让我们更懂产业和市场，老师为我们安排的商科课程有经济学、市场营销、统计学、财务预算、会计学等等，甚至涉及了法律、管理学等课程。

电影类的课程有视听语言课程、电视剧制作、类型电影、影视技术、电视节目制作、制片管理、专业影视发行等课程。

从大学一年级开始，我就要求自己尽量做到不缺课不迟到不早退，上课认真听讲，注重实践，无论是什么我都要去尝试，不懂就及时请教老师和师哥师姐或者同学。我一直有一个学习习惯，就是遇到不懂的问题时马上提出来，有不一样的看法时会找机会尽量表达和讨论。在充满新鲜感的大学一年级里，我过得很充实。

大一学年结束时，我所有的专业课程都达到了九十分以上，还拍了两部自己编剧导演的短片作品，顺利获得了学院一等奖学金和国家奖学金，可谓收获满满。我也慢慢找到了适合自己的学习方法。经过了一个学年的积累之后，发现其实很多专业上的东西并没有那么难。

　　大概也是从那个时候开始，同学们开始称我为"学霸"，我个人对学霸的定义是：努力，同时也能有所收获。越长大我就越不会羡慕那些不劳而获或者走捷径快速成功的人，越长大我就越相信每个人通过自己的努力，不管最后取得的成绩多微小都是值得高兴的。我觉得每个人都可以努力追求，很多时候我对自己已经不那么苛刻了，我会追求自由，想要无拘无束，偶尔想不负责任，但我也不会责备自己，我相信这就是个性，觉得自己只是越来越像"双子座"了。

后海边上的四只"落汤鸡"

我非常怀念那个时候的我们，很简单，很容易快乐，也很无私。

《陌生女子》是我独立编导的第一个短片。

记得拍摄过程中有一场晚上的夜戏，情境是夜晚男主角喝醉酒，在大街上失魂落魄醉醺醺地走。当时带着我的摄影和录音还有我的男主角演员师哥吃完饭到了后海，那时的后海是一大片酒吧街。我们一路上有说有笑很欢乐，没想到刚到达目的地，天气骤变开始刮风，感觉马上就要下雨了。六月的北京经常会有突然而至的倾盆大雨。

我的录音师举着毛茸茸的录音麦，戴着耳机说道："导演，不行了，看来马上就要下雨。"我们走到一家酒吧旁，刚把拍摄的设备卸下就开始稀里哗啦下雨，当时只有一把雨伞，演员师哥和摄影师、录音师就把雨伞给了我，让我遮着设备，然后他们冒雨开始拍摄。本来想着抢在下雨之前赶紧拍，可是雨来得太急，我的摄影师、录音师、演员瞬间就被淋成了"落汤鸡"。

摄影师看了画面后说觉得演员师哥在雨中醉酒行走还挺有感觉，当时我们就决定把这戏改成雨戏。我撑着雨伞在他们身后看设备，既担心他们又期待作品。他们来来回回拍了好几条，演员师哥身上的衣服回来拧了两次水，我的录音师还是一个女生，我看着也是觉得很心疼。这是我一个人的作业，他们却如此地尽心尽力，也许这就是对行业的热爱，是对自己的要求，是要做就要做好的专业标准。

摄影师一次又一次地重复，演员师哥一次又一次地再来，没有丝毫的不耐烦，大家都要把这个镜头做到最好，做到极致。拍到雨都要停了，我们才结束。我记得特别清楚，走在后海边上，我们四个人都是"落汤鸡"，但是依然有说有笑，没有人有半点抱怨。

我非常怀念那个时候的我们，很简单，很容易快乐，也很无私。我们来自不同的地方，有不同的经历，男主角师哥从小就是一个有名的童星；摄影师凭借着努力和天赋以专业第一名考入了电影学院；录音师是开朗大方的北京女孩，而我只是他们刚认识不到一周的没有经验的大学一年级导演。

虽然我们现在已经很少联系了，但是他们对我的帮助我一直都记得，那种由衷的感动和感谢无以言表。他们那天的举动和样子我记得异常清楚，这是我第一次那么深切地感受到什么叫专业、什么叫热爱、什么叫责任。

美貌就是你的能力

十八岁前长得不好看可能怪基因，十八岁以后还不好看则应该怪自己。

很多人都认为现在是一个看脸的时代，长得好看的人会拥有更多的机会。

某种程度上，我是同意这个观点的。中戏到处都是俊男美女，个个高富帅白富美，他们很高很瘦看上去很帅气很漂亮，好像他们就是如此幸运，老天赏的就是这行饭。

但我以前听过这样一句话：十八岁前长得不好看可能怪基因，十八岁以后还不好看则应该怪自己。我记得电影《女人不坏》里面有一句经典对白：美貌就是你的能力。当我跟学校的帅哥美女生活在一起时，才知道这些漂亮帅气背后有多少的努力和自律。

我们寝室在男女混合宿舍楼，和男生用同一个洗漱房。早上起床刷牙经常会有男同学出现在身边或者背后，开始挺不习惯，后来慢慢就习惯了。因为大家都认识。

每天早上都能看见那些注重外表的男生在洗头做发型，他们简直比外面的造型师还厉害。有一天在洗漱间，一个师弟在我旁边把他洗好的头发吹了起来，我跟他开玩笑说："厉害了，自己又打造了一个新发型。"他在镜子前端详着自己，笑着对我说道："好像打扮了一下就是不一样。人靠衣装嘛。"

我有一个大学闺蜜，大学四年都跟我一个寝室，从小学跳舞、弹琴、画画。她有一个对她非常严格的妈妈，会督促她做这些事情。她说她从小就对自己要求很严格，小时候上舞蹈班，压腿练基本功，别的小朋友都嫌辛苦，大家都不太愿意练，但是她就会在一旁不停地压腿。章子怡也曾在一个访谈里提到她开始学舞蹈时基础并不好，所以她需要比别人花更多的时间来练习，后来她能成功出演李安导演的《卧虎藏龙》，她的舞蹈基本功给她帮了不少忙。

成功的人对自己都有更严格的要求和期待，而且非常自律、非常坚持。闺蜜说她小时候无论什么都要学得很好，因为觉得只有她好好表现才能得到爸妈的疼爱。我非常佩服她做事的风格，只要她想做的事情，她就会非常勤奋、雷厉风行地去做，从不拖沓。

大一时她说要减肥，就开始在寝室吃白水煮青菜，用保鲜膜缠大腿，有一次其他寝室的同学进来我们寝室，看见她用保鲜膜缠着大腿，好奇地问她你的腿怎么了？她开玩笑说是因为自己得了风湿病。我们三个室友因为她这个回答笑了一个晚上。虽然这些方法我一直都不太认同，但是我确实被她的精神感动。

有颜值也必须很努力

每一个角色的塑造都应有
理有据，都需要通过大量
的阅读和观察、揣摩才能
得到。

《爱丽丝镜中奇遇记》中红皇后说过，你只有全力奔跑，
才可以留在原地；如果你想要到别的地方去，那得比原来
跑得快一倍才行。

在中戏这个求真创造至美的大环境里，真的经常会感
觉到：人家比你美还比你努力，人家比你帅还比你勤奋，人
家比你牛还比你起得早，人家比你有钱还比你睡得晚，人
家比你有才华还比你上进。

在中戏里面，有太多有颜有才又幸运的人，他们有的
少年成名，有的才华横溢，有的创业成功，一个个都目标
明确前程似锦。和他们生活在一起才知道，他们的顺利和
幸运都是有原因的。

我们搬到老校区之后就住在了男女混合的一楼，寝室对
面就是男生寝室，上二楼男生寝室的楼梯就在我们寝室旁边，
每天夜里总能听见刚刚排练完回来的男同学嘴里还念着台词，
仿佛从来没有抽离过他扮演的角色。有的时候三三两两的男
同学还会一边上楼一边对戏，两人嘴里说的话和我们就不是
一个时代的。然后一大早就能听见表演系和主持班的同学开

始开嗓练声。第一次看见他们这样可能会觉得好笑，到后来看见他们每天坚持会很感动。

有一天，我回寝室时，听见有一个男生嘟嘟囔囔地说着什么，走近了才看清楚是一个高大帅气的表演系男生，手里拿着剧本，一边走一边背台词。他当时最吸引人的地方绝对不在于一米八几的大高个，也不在于帅气的五官和脸庞，他那一刻表现出来的专心致志才是他散发出的最大魅力，在那一刻我仿佛懂得了我们校训"求真创造至美"中的"至美"到底是什么样的美。学校里不同专业的老师、同学对专业的那份热忱，给了我非常大的鼓励。在这么优秀的环境和人群中，从来都没有怠慢自己的理由。只有把心放在专业上，去不断地求真才能创造至美。

很多年前还有人称演员为戏子，觉得演员是卖艺谋生的，和教授、医生、科学家等高级知识分子不能比，其实这种言论非常肤浅。这是一个讲究实力的社会，不要戴着有色眼镜看颜值高的人，人们认为颜值高的人就是靠脸吃饭，你可知道这群靠脸靠演技吃饭的人看过多少书，读过多少诗词，背过多少理论？他们演绎的每一个角色都不是凭空捏造的，每一个角色的塑造都应有理有据，都需要通过大量的阅读和观察、揣摩才能得到。

从来没有小角色，只有小演员。

第三章

我从懂事开始就有一个习惯，当我不开心、遇到不顺心的事情不知道怎么办的时候，我就会去书柜找书看。无论是什么书，我觉得都能给我答案，为我排忧解难，我总能在书中找到我想要的道理，找到我想要的经历，找到我想要的感受。

我们是截然不同的人

在我的成长过程中，我觉得自己一直在怀念过去。

在一个我喜爱的本子首页，有我很多年前写下的计划，比如说哪年要读什么高中，哪年要读什么大学，多少岁以前要做什么工作……我记得很清楚，在最终目标一栏，我最开始写的是企业家、天文学家，后来又加上了哲学家、心理学家。

现在想起来其实挺想笑的，笑自己小时候还挺可爱。相信很多人都会有这种定目标的行为，因为每个人心里都会对自己有期许。妈妈常说，我和我姐姐是性格完全不同的人。姐姐要做什么事情之前，她会告诉身边所有人，让大家都知道她要做这个事情。当时她考大学，每天放学回家就大声跟妈妈嚷嚷："妈妈，我要考中央戏剧学院、我要考中戏、我要考哈佛。"我妈听多了就笑笑说："好啦好啦，每天说，等你考上了再说哈。"但姐姐第二天放学回家说得更大声了。

不过，姐姐说要做的事她基本上都做到了，因此我还挺佩服她的。姐姐经常跟我说起她的经历和想法，经常告诉我如果想做什么就要说出来，大声地说出来，让你的潜意识都听见，那你成功的概率就变大了。

即便如此，我还是坚定地执行"少说话多做事"的原则。

想诉说的时候，我就写日记，我有很多的日记本。我也不知道自己为什么会有这样的心理，我从小学习生活好像都挺顺利的，家里人和学校老师都以我为荣。我不害怕在两三千人面前演讲，但是我却害怕别人知道我的理想。

　　在我的成长过程中，我觉得自己一直在怀念过去，怀念小学时的机灵和同学的喜爱；怀念初中时候的自律，还有坚持种花、练字的生活情趣；怀念高中时候的勇敢，还有自信……当然，同时我也在期待一个更好的、不一样的自己。因为未知，所以期待；因为希望，所以期待；因为向往，所以期待。

可惜我们离腕儿还很远

在没有付出任何劳动之前，讨价还价的行为都会被鄙视，除非你已经是一个腕儿了。

姐姐有时做事拖拉，但在有的事情上就会很急，比如对我。她总想我快点长大，快点毕业，快点学会更多的东西。

不过，不得不承认姐姐的眼光确实比较独到，看得也更长远。比如我高考完后，她马上就要我把驾照考完，因为她知道等上了大学后，时间就更紧张；比如自媒体刚出现的时候，她就开始做她的个人公众号"徐小婷""*shooting*"等等。

我还在上初中时，姐姐就让我去电视台实习。我记得那一年跟着她做综艺栏目、拍短片，做各种大型的晚会，我开始学着写主持人的串词，开始慢慢了解晚会制作的流程。高中的寒暑假，姐姐就安排我去新闻部做实习记者。她总让我尝试各种各样的工作，多学点总是好的。

正因为在电视台实习的机会，我才能接触到影视传媒行业，后来才会参加艺考，选择中戏。

大三时，我到了乐视影业实习。我所在的部门负责版权交易，虽然是实习，每天上班也非常辛苦，但一天却只有七十元的实习工资，迟到还会被扣钱。很多次我都想放弃，但是姐姐鼓励了我。

　　坚持一段时间后，我发现部门的哥哥姐姐挺耐心的，他们教了我很多行业的经验。现在很多同学在实习的时候，第一时间就会问有多少钱工资，曾经我也有这样的想法，因此还被姐姐狠狠批评过，她跟我说："你有多少能耐，做出了多大的业绩，自然就能得到该得到的收益。在没有付出任何劳动之前，讨价还价的行为都会被鄙视，除非你已经是一个腕儿了。可惜，我们离腕儿还很远。"

　　有时候姐姐做的很多事情在我看来都是白费心力得不到报酬的，但她依旧乐此不疲。她说，很多工作是不能看眼前的利益的，不通过工作，你就学习不到这份工作所需要的技能，如果做这份工作的技能你都没有掌握，你又有什么资格向别人要钱呢？

捡落叶做琥珀的师弟

要成功其实特别简单,因为每个人都会被真挚的表述打动。

　　大三的时候,有一位云南的高中生找到我说他要考中戏,希望我能帮忙辅导。这位来自大理的小伙子前一年也兴致勃勃地来到中戏,满怀自信,却落榜了。第二年希望能再次报考,却受到了全家人的阻拦。为了考中戏,他自己打工赚钱,一个人跑到了北京南锣鼓巷备考。

　　很多人难以理解,为什么会有那么多前赴后继的学子前来参加艺考。艺考和高考最大的区别就是艺考是主动的,高考是被动的。没有任何一个艺考生是被父母逼迫来的,几乎所有的艺考生自己本身就带着强烈的"我要上学"的意愿。

　　我见到这位大理来的考生时,他的脖子上戴了一块像琥珀一样的东西,里面有一片叶子,很特别。我问他,这是什么,他告诉我,这是他在中戏的校园里捡到的一片常春藤的落叶,他小心翼翼地收起了这片落叶,用它做了一块人工琥珀,这标示着他的理想,他渴望来到北京,渴望到中戏来学习。

　　来中戏的每个学子几乎都有着和他一样的狂热追求和梦想,我很感动。我建议他把他的这些经历和故事在考试的时候表述出来。当然，讲故事是中戏师生最基本的技能，首先你要有完整的表达能力，能很好地描述自己心中所想，未来所愿。然后表述的时候需要真情流露，以情动人。要成功其实特别简单，因为每个人都会被真挚的表述打动。

最后，这位同学成功地拿到了中戏的录取通知书，成了我的师弟。

我在中戏学习了四年，又荣幸地被学校推荐免试上研，在校内外见到了很多天赋异禀、才气横溢的男女生。社会竞争越来越大，每个人都有自己的长处，这个时候想要脱颖而出，往往需要情商和智商双结合才能实现。

最容易考的专业 | 一个新兴的专业了解它的人越少，你的机会就越大。

　　在中戏有一个被称为"最容易考"的专业，就是戏剧管理系的演出制作专业，因为这是一个新兴的专业，但是不要觉得它是个新兴的专业，就可以随随便便考取。其实这是一个极具挑战性的专业，需要非常多的专业知识。让我用通过演出制作专业的小师妹的考学过程来介绍一下吧。

　　它是中戏招生人数多的专业（编导类），是发证率较高的专业，是没有专业基础也可以试一试的专业，没错，它就是每年招八十人的戏剧管理系（演出制作专业）。

　　学院每一台精彩演出的背后，除了有灯服化道等各个专业同学的配合，必不可少的还有演出制作专业的同学们。比如说，他们要负责跟进演员排练、督促各部门的工作进度，解决演出过程中出现在舞台上的突发事件等等。有了他们，整台演出的质量会更有保证。

　　另外这个专业开设的课程也许是全中戏最丰富的。有表演课、音乐课、创作课、法律课、投资学、演艺经纪课等等。往年的专业招生考试一般分为三试。分别是小组命题辩论、议论文写作，以及个人口试（含才艺展示）。

　　初试命题辩论，考试时十个人为一组，正、反方分别有五个人。抽签决定自己是正方反方、几号辩手以及将要辩论的题目。进辩论场前会给大家五分钟左右的时间进入单独的候考室进行小组讨论。

　　辩论的流程是这样的：首先正、反方一辩分别做本方论点总述，之后每个人起身阐述自己的观点（每个人只有三十秒，时间一到，老师会敲铃，这个时候若你没有陈述完也只能坐下）。接着进入自由辩论的环节，这个环节重要的事情就是：注重团队精神！在自由辩论环节中你站起来的次数最好是三次！若太过于出风头，不给自己的队友留下发言机会，老师不会想要你的！

　　复试一般为议论文写作，议论文最重要的是要结构严谨，小师妹当时用的就是简单的总分总结构。一定不要空谈而没有具体的论点和论据，将论点与文章的主题结合起来是很重要。

　　三试中，一个人会面对八九位老师，即使再紧张，也要努力让自己沉静下来。老师看重的管理者的基本素质就是沉着冷静、落落大方。才艺展示舞蹈、乐器、朗诵等都可以，只要你将自信和对艺术的感悟力展现出来就好。

　　口试的话老师不仅问专业上的问题，比如说：你怎么理解我们的专业？舞台你知道是什么吗？你看过什么戏？生活方面的问题有时也会被问到，比如说：你擅长的科目是什么？用一句话总结一下你的高中生活等等。

一个新兴的专业了解它的人越少，你的机会就越大，当然这也需要你有扎实的知识储备。

阅读 | 我让我的研究生导师给我开书单，他就跟我说了四
个字——开卷有益。

　　最后一篇文章，我还是想说说阅读。

　　从古到今，有不计其数的诗句谚语，无数的名人都有
提到过阅读的重要性。无论是书中自有颜如玉，书中自有
黄金屋，还是腹有诗书气自华，都是真实的。

　　我从懂事开始就有一个习惯，当我不开心，遇到不顺
心的事情不知道怎么办的时候，我就会去书柜找书看。无
论是什么书，我觉得都能给我们答案，为我排忧解难，我
总能在书中找到我想要的道理，找到我想要的经历，找到
我想要的感受。被保送上研究生后，我让我的研究生导师
给我开书单，他就跟我说了四个字——开卷有益。

　　我家有一个很好的阅读环境，在我很小的时候，家里就
有两大书柜的书，各方面的书都有。爸妈从来都不限制我们
的阅读，姐姐从小就喜欢看漫画，有半个书柜都是各种各样
成套的漫画书。我从小喜欢心理学、哲学类的书，开始读《梦
的解析》《苏菲的世界》《少有人走的路》等等，因为弟弟的年
龄和我非常接近，他受我的影响也很喜欢心理学，他在上大
学期间就考取了心理咨询师的证。所以我相信书对人的影响

是非常大的，而且书能传递的能量一定是无穷的。

　　我们一进中戏就有一箱 60 本必读剧本，戏剧文学系的同学有 120 本必读剧本。书仿佛就给我们打开了一扇新世界的大门，在里面你能感受别人的感受，你能天马行空自由翱翔，你能和太多的人对话，你能穿越时空界限。

　　我们在上文学课的时候，老师给了一张宇宙繁星点点的图，然后提了一个问题，人为什么要阅读？因为人生很局限，人太渺小了，通过阅读能帮助我们意识到这一点。在浩瀚无垠的宇宙中，地球只是其中的一个小点，而人就更小了。只有在阅读的时候，你的思维才能超脱生活，飞速转动起来。

　　至今我都觉得这是无比神奇又能一个人独自完成的美妙的精神和情感体验之旅。

　　生活可以让你哭可以让你笑，书也是。

Ⅲ·娴婷信簿

Letters

传媒、文艺行业的分工越来越细致。以前我们只知道唱歌、跳舞、乐器这些硬专业，现在出现了演出制作、制片、舞美、化妆、造型等细分专业。硬专业都是从童子功练起的，而这些细分专业通过阅读、实践、学习就可以掌握。我们要感谢书籍、感谢机遇、感谢老师。

姐妹往来 E-mail

祝贺你开始感受到了生活中的寂寞、孤独、冷与难，如果没有这些感受，你以后又怎能感知快乐、热情和憧憬呢！

1

大家姐：

现在还有两分钟就到 2014 年了，心里很激动，第一次在北京跨年。你猜猜我在做什么？哈哈哈，我在做经济学的题目，因为过两天要期末考试。

第一次跨年夜还在学习，怎么好像听起来有点凄凉？其实除了题目有点难以外，我还是很快乐的，你呢？

小娴

阿妹:

　　我在北京的时候还没跨年这一说呢。我记得我上大学的时候,特别想要带爸妈去看 2008 奥运会,结果到了 2008 年,我却没兑现这个承诺。那个时候,我们每个同学都挣破头地想留在北京,虽然当年每次听人说起北漂的时候我们都会很自豪地说自己不是北漂,因为我们在北京是有户口的。但最后能够在北京扎根、成家立业的确实都是佼佼者。

　　大学四年会是你最无忧无虑的时光,希望你可以享受求学的快乐,无论你以后是不是会留在北京工作、生活,北京的生活习惯和生活方式都会成为你一生中最深的印记。我一直认为大学这段时期是我们吸收养分最多的时期,这四年的点点滴滴会在你以后的回忆中占据很重要的位置。

　　祝贺你开始感受到了生活中的寂寞、孤独、冷与难,如果没有这些感受,你以后又怎么会感知快乐、热情和憧憬呢!

大家姐

2

大家姐：

　　听说你看见我拿着一沓奖状做学生代表上台领奖的照片感动哭了？这么容易就感动了？
　　我也觉得挺光荣的。以后我会继续努力，你留着感动吧。

小娴

阿妹：

　　每年看到你在学校表彰大会上捧着一沓获奖证书的照片都觉得挺震撼的。因为当年的我对奖学金也就想想而已，从来不敢认真去了解要得到它需要的条件。我一直相信吸引力法则，只要你对某样东西有渴望，并且持之以恒地去追求它，就一定能达成心愿。

　　我们上学的时候还没有"学霸"这个词，我也是看到你的成绩单之后，发自内心地觉得好不容易，每科成绩都在九十分以上，当之无愧的学霸。

大家姐

3

大家姐：

今天我生日，过得很开心。和同学一起吃了饭，大家都玩得很开心。

开始还发愁怎么组织生日。很久没和这么多同学聚在一起啦。谢谢你给我出的点子，爱你！

小娴

阿妹：

　　我一直认为同学是我们人生中很重要的一群人。

　　大家虽然不是同血脉的亲人，但同学之间同吃同住的感情，也差不多就是兄弟姐妹了。

　　吃吃喝喝时最容易擦出火花，亲人朋友之间都应该常聚在一起吃饭聊天，这样感情才会好。别说是过生日请大家吃个饭，平时有机会也应该多请同学朋友们吃饭。请吃饭是最简单的表达感情的方式了，趁着现在大家都还有时间，聚在一起吃吃饭，毕业以后，可能十年内都不会再有一次聚会吃饭的机会了。

大家姐

4

大家姐：

　　生日快乐呀！今年全家人和你在三亚过生日，我给你发了个 520 元的红包，争取明年给你发更大的。最重要的是争取每年都要给你更大的快乐。

小娴

阿妹：

　　很高兴看到你开始可以自负盈亏了，不但自己可以交上学费，负担自己的生活费，还可以给我发红包，哈哈。我也是大三开始自负盈亏的，恭喜你赶上了我的脚步。能够负担自己的生活费和学费是一件值得自豪的事情。在国外，过了十八岁，父母就没有供养子女的义务了。我们两个在这个问题上，差一点点达标吧。

　　兼职写剧本和赚外快的工作一定要和自己的专业有关联，不要因为赚生活费耽误自己的读书时间。虽然我们需要参与社会实践，但是要给自己做好定位，不要浪费了大好时光和专业知识，做兼职的同时要争取在获得经济利益的同时，又能获得知识，这样可谓两全其美。

　　我的生日愿望就是希望能从每一段经历中获得到更多见识，让自己成为一个知书达理、独立自由的人。

大家姐

5

大家姐：

　　大学前三年总成绩计算出来了，我成功获得了研究生保送名额。现在系秘书突然给我打电话，要我今天之内就确认好想跟的研究生导师，并跟导师沟通好。

　　我们专业今年能带研究生的导师有三位，你帮我看看哪位导师会更适合我。

　　我们的班主任黄老师是北京电影学院毕业的，他拥有非常丰富的影视宣发经验，他今年能带三个研究生，有一个学术型和两个专业型名额；陶老师是我们都非常喜欢的老师，同时他也是非常有名的纪录片导演，才华横溢，他带的研究生会更偏向于实践，陶老师今年能收一个专业型研究生；还有一位是长得非常漂亮的王老师，她对我们一直特别亲切，就像朋友一样，她的本科专业学的是法律，可以将影视和法律紧密地结合在一起，她今年能收一个学术型研究生。

　　三个老师我都很喜欢，你觉得呢？急，在线等。

小娴

阿妹：

　　首先要祝贺你成功上研！你很幸运，还有选择导师的机会，而且他们都是行业内的顶尖人物。我经常跟朋友提起你，说你是我认识的人里唯一一个靠读书、靠奖学金赚钱的人。我为你骄傲，你的认真和勤奋会给你带来不一样的成就。

　　三位老师我都比较了解，其中两位也是我大学时的恩师，无论你跟谁学习，都一定能有很多收获。三位老师的学术方向截然不同，我给你的建议是：选择你兴趣所在的方向，选择你在目前及以后会持续深入了解并有意将之视为毕生事业的方向。虽然念研究生不是工作，但我觉得你应该把念研究生这个过程当成工作、当成你的事业。我们都不是两耳不闻窗外事的书呆子，研究生三年是参与社会历练和增强认知能力最好的时间，你要把自己学到的内容从职业化的角度去审视，这样对你以后的工作有帮助。

　　我工作这么多年，从来不觉得累和烦，因为我喜欢自己的工作，我对这个事业有憧憬，我的很多朋友、同学做了自己不喜欢的工作，总是做不长久，也成不了专家。我的很多同事虽然和我在同样的工作环境下干着性质相同的事，但是很多人还是待不住，想要换工作，这说明他们的兴趣不在这里。所以你一定要找到自己的兴趣，做自己感兴趣的专业研究。

大家姐

6

大家姐:

　　我最近在写书，你在做什么呢？跟你分享个小情绪。我爱笑是大家都知道的，可不知道为什么最近特别喜欢流眼泪。感动了会流泪、开心了会流泪、想你们了也会流泪。

　　最近一直在回忆过去的事情，看以前的日记，觉得自己最近的情感特别丰富，一点点回忆就能让我感触很深，情绪翻山倒海。流眼泪的时候不想被别人看到，因为我不需要安慰，也没有觉得不快乐。有时候觉得自己过得累，不知道为什么要做这些事情，不知道自己活着是为了什么，觉得委屈或者对自己不满意的时候会号叫、大哭一分钟，然后擦干眼泪，嘟嘟嘴继续做该做的事。

　　最近特别喜欢一首歌 *I Will Survive*，觉得听着特别带劲，听着就想跳舞，哈哈。我和室友斗舞去了，希望你快乐，希望我爱的你们每天快乐。

小娴

阿妹：

　　有情绪很正常，我也经常会在夜深人静的时候流眼泪。我把这叫发泄负能量，因为我们每天总是会接触到很多负能量，这个世界是均衡的，我们的笑和正能量背后肯定也吸收了很多压力和负能量。

　　流眼泪和放声大哭都有发泄负能量的作用。我每次哭完之后又会觉得自己是一条"好汉"，像什么事都没发生过一样。我最喜欢用来安慰朋友的一句话就是：在你的人生长河里面，你现在遇到的困难和挫折，都将只是你回忆里的一颗小尘埃。

　　流眼泪并不可怕，你要记着我说的这句话，多少困难和挫折，回头看时，它们都是微不足道的一颗小尘埃。

大家姐

7

大家姐：

　　我最近遇到了很大的问题，不知道该怎么去抉择和解决。每次接到你催稿的电话和微信都很想逃避，不知所措，不是我不想写，而是我真的抽不出时间来写书稿。

　　我现在每天都过得很忙碌、很疲惫，但却觉得并没有很满意的收获。我现在每天都有一堆事情要完成，摆在我眼前的有：书稿、乐视影业的实习工作、学校高参小（高校参与小学体育美育发展）的戏剧教育课程、艺考培训机构的课程、《数网融合和中国电影业》及《艺术院校大学生就业指导与职业生涯规划》两本书稿的编审及会议。我一周七天全部都被占满了，根本分不开身也静不下心来好好写作，我该怎么办呢？是不是应该先放弃其中的一些，集中精力完成好一两件事情呢？

　　我从小到大什么都愿意尝试，上小学、初中的时候喜欢跳舞，就把所有早自习和晚自习的时间都花在练舞这件事上。虽然自己很累，但是很充实快乐。爸妈总担心我三心二意影响学业，可是我却偏偏要证明自己，甚至能考比以前更好的成绩来告诉他们我可以兼顾。但是我现在在北京一个人生活，北京的交通很拥挤，我感觉很大一部分精力都浪费在了路上。我不知道我现在是否可以同时把这些事情都处理好，我该怎么办？

小娴

阿妹：

我特别理解你，北京带给人最大的生活压力可能就来自灰霾的天空和拥挤的交通。我还没有回广州的时候，只要想到我以后要在北京工作、生活就觉得很焦虑，因为北京太堵车了，花在路上的时间太长，长到影响了我们生活的质量。但是你现在要比十多年前的我幸运很多，虽然北京的交通拥堵，但现在有便捷的智能手机，这些琐碎的时间都可以用阅读来打发，零碎时间的利用，足可以让人生命中的有效时间增长一倍多。

即使是现在，我不开车的时候，无论坐车还是坐地铁，我都不会放过十分钟八分钟的阅读时光，这段时间足以让我通过一篇文章增长一点见识。

关于复杂繁重的学习和实习任务，我希望你是快乐的，不是忧愁的，是健康的，不是忧郁的。所以首先，希望你做的每件事情是能让你开心或者让你以后能开心的。

我一直认为人活在世界上，能留下的东西只能是你自己的作品。现在你有机会出版自己的作品，可以把你的学习经历、你的经验和方法分享给大家，这不是一件很棒、很有意义的事吗？所以我觉得这件事目前对你来说是第一重要的。

我让你到乐视影业的实习是希望你可以进大公司里感受一下它的氛围，并不是每个人都有机会在大公司里感受一番再去参加应聘的，所以这个实习重在体验。

艺考培训和学校分配的戏剧教育工作，是你的收入来源，更是你的教学实践，从小就喜欢当老师、喜欢讲课的你可以好好体验教学相长的过程。另外，收入对我们来说虽然很重要，决定了我们的生活质量，但是工作是有固定时间安排的。要遵循这个正常的时间安排，不要慌不要乱。你的首要任务是在课堂上和你的学生一起再一次去感受和回忆我们学过的知识和理论，这个过程应该是一个享受的过程。只要不在正常的工作时间内安插别的事务，我相信你能处理好。

我们和很多朋友一样，从小都有一个成为作家的理想，我们都以为作家是不用工作的，只要想起来的时候就去电脑前敲敲字，更多的时间不是在吃喝玩乐体验生活，就是在看书浇花晒太阳。但其实写作是一个工作，需要有稳定的时间，才能完成设定好的题目。你可以在每天睡觉前给自己安排一个小时的写作时间，只要保证时间的稳定，写作成为习惯以后，你就会轻松下来，不会因为有想法没有输出而感到焦虑。更多的时候，我们感到焦虑，是因为很多情绪得不到释放，你把它写出来，你就释放了，轻松了。

大家姐

写给阿妹

我和你最相像的一点，就是我们都认为世界上没有办不了的事情，凡事总有方法可行。

学霸娴：

很荣幸能成为你的姐姐。我一直在寻找认同感的路上，所以你可能是受到我强加的意志和指令最多的人，因为我可能把我强烈渴望认同感的情绪都发泄在了你身上。向你道个歉。

我也祝贺你在学业上获得的认可和成绩。我所有的朋友都知道我有一个比我小十岁的妹妹，只要你愿意，我去任何场合几乎都会带上你。一开始你有点像我的小助理，如今已成为我的拍档。我和我的朋友们都在见证你的成长，大家也都预言，你应该要比我更能折腾，或者会有比我更好的成绩。

从学业上说，你比我成绩好；从待人处事上讲，你则比较生硬。我是一个在外总能笑脸迎人不发脾气的人。偏偏和你一起工作的时候会特别上火。你可能不理解这种心情，每次你做事情做得不够圆满或拖沓的时候，我总是忍不住地想要说你，虽然有时候想想，我也曾经如你这般。我也被这样对待过，那是一个曾经很爱我的人，他把所有希望都放在我身上，而我却总是想着拖拉或敷衍完事，最后总是让他觉得很失望。我也曾经认为一个爱我的人不应该对我有这样那样的诸多要求，但我确实就是在这诸多要求下成长为一个可以独立担当的电视导演的。

每次我让你写一个剧本梗概，你答应我之后，就不了了之了……我让你研究一个现象然后给我一个总结时，你总跟我说你有别的更重要的事情要忙，没空搭理我……我希望你可以专注在一个项目上，不要总是为了蝇头小利东奔西跑，你却认为我在耽误你赚外快……甚至在饭桌上，我要求你主动给每个人倒茶夹菜递纸巾，但你会觉得自己没必要奉承每个人……

你拒绝做的事情，我都曾经拒绝过。我也是到了三十岁以后，突然有一天懂得了做这些事情的重要性。

对于要求我做这些事的人来说，这些并不意味着能帮上他多大的忙，他只是希望我能快速成长为一个可靠、有能力的搭档。最终我辜负了他，我单飞了。但是这份爱意，我念一辈子。

天下没有不散的筵席，人生路上总有人走前走后、分道扬镳，每个我们接触过的人，无论是正面的还是负面的，我们都会从他身上吸收到一些习惯和气场。是非黑白、对与错是很难分辨的，对每个共事过的人，我们都要感激这份一起做事的缘分。一起做事，意味着你们曾经有过同样的目标，无论当时有多少恩怨情仇，很多年后再相遇，可能也都是一笑泯恩仇。

　　我对你的期望和一般的姐姐有点不一样，你考上中戏的时候我特别高兴，因为我觉得我妹妹可以代替我，会和我在北京的朋友老师们好好相处和发展，就好像另外一个我。我这种心理或许不太正确，你是你，你和我完全不一样，你有你自己渴望的生活方式和你自己认为过得最舒适的状态，你有你自己的理想，虽然我以为我们一起去实现同一个梦想会有双倍的力量。

　　实际上，我也在不断调整自己的心态和想法，我不应该将我的行为方式强加于你。或许每个人的人生都注定有这样那样的经历，躲无可躲。

　　我和你最相像的一点，就是我们都认为世界上没有办不了的事情，凡事总有方法可行。而我也相信我们所有的付出，加上耐心地等候和坚持，终有一天是能看到成果的。

永远爱你的大家姐

写给所有的艺考生

我们从小就被教育要好好学习，天天向上。到底要学什么？向上是什么意思？我们要成为什么样的人？

同学们：

你们好！虽然我们素未谋面，但我知道你们正准备参加艺考，作为过来人，有些经验想跟大家分享。

不知不觉我已经做了十几年的媒体人，带出了十几个导演和编辑，也带了十几个学生考上了名牌大学的传媒专业。没有辜负一个媒体人的热望，我认识了各行各业的精英。在大家的印象中，我是一个热情、人缘好、积极的"元气女孩"，但我也经历过无数次的碰壁、尴尬、挫折。世间的能量是均衡的，有正能量就一定有负能量，有负能量也一定有正能量。只是有的人选择展示正面，有的人选择展示负面。

有人说，我又不是人民币，为什么要人人都喜欢我。我说，你要尽力把自己活成一张人民币，那时你的人生就会变得很有意义。

我是幸运的，我在独生子女最多的年代出生，却有一个愿意听我讲述经验的妹妹。如果说我妹妹是我的骄傲，不如说我是为自己骄傲。因为你不得不相信，世上所有事都是有规律的，青草需要浇水，小鸟早起吃虫，太阳从西边下山……这些规律都告诉我们，再糟乱的人生都有一定的轨迹可循，你要成鹰，必学飞翔，你要做程序员，就一定要学写代码……

我们从小就被教育要好好学习，天天向上。到底要学什么？向上是什么意思？我们要成为什么样的人？可能问一万个人有一万种答案。

我们选择了做传媒，学文艺，很大一部分原因，肯定是因为做传媒和学文艺都让人感觉到快乐、有收获。现在也有一种看法认为，以后百分之八十的行业都会变成娱乐行业，因为消费升级后，所有的产业都在往令人更舒适更快乐的方向发展。

传媒、文艺行业的分工越来越细致。以前我们只知道唱歌、跳舞、乐器这些硬专业，现在出现了演出制作、制片、舞美、化妆、造型等细分专业。硬专业都是从童子功练起的，而这些细分专业通过阅读、实践、学习就可以掌握。我们要感谢书籍、感谢机遇、感谢老师。

读书在过去是一个很生硬的词，在学校里大家都要读一样的课本。但是如果有人读书意识比一般人强，多读了一些不是人人都读的书，就会获得更多的知识。

我很庆幸自己从事了传媒这个行业，这个行业最大的特点就是分享，把自己得到的第一手资料、想法分享出去，尽量让更多的人知道。其实分享的同时也在得到，所以做传媒的人是快乐的。

我经常跟我妹妹说要善于分享，把你知道的、好的、有用的东西尽可能地分享出去。我把我的资源、我的想法统统分享给了我妹妹，我和她都是在很普通的环境里成长，因为我的分享的确让她少走了一些弯路。

用这个经验，我想帮助更多的有志于从事传媒行业的朋友和同学，我们可以给的东西不是实物，可能就是一句话，一个想法，希望能对你们有所启发。

附录

中戏本科生必读 60 册中外经典剧本

《俄狄浦斯王》	[古希腊]索福克勒斯 著
《阿伽门农》	[古希腊]埃斯库罗斯 著
《美狄亚》	[古希腊]欧里庇得斯 著
《鸟》	[古希腊]阿里斯托芬 著
《哈姆雷特》	[英]莎士比亚 著
《李尔王》	[英]莎士比亚 著
《麦克白》	[英]莎士比亚 著
《第十二夜》	[英]莎士比亚 著
《名叫埃纳斯特的重要性》	[英]王尔德 著
《华伦夫人的职业》	[爱尔兰]萧伯纳 著
《等待戈多》	[爱尔兰]贝克特 著
《熙德》	[法]高乃依 著
《伪君子》	[法]莫里哀 著
《费德尔》	[法]拉辛 著
《费加罗的婚姻》	[法]博马舍 著
《罗朗萨丘》	[法]缪塞 著

《西哈诺》 [法]罗斯丹 著

《女仆》 [法]让·日奈 著

《秃头歌女》 [法]尤金·尤涅斯库 著

《青鸟》 [比利时]梅特林克 著

《阴谋和爱情》 [德]席勒 著

《沉钟》 [德]霍普特曼 著

《大胆妈妈和她的孩子们》 [德]贝·布莱希特 著

《伽利略传》 [德]贝·布莱希特 著

《老妇还乡》 [瑞士]迪伦马特 著

《女店主》 [意大利]哥尔多尼 著

《六个寻找剧作家的角色》 [意大利]皮尔德娄 著

《培尔·金特》 [挪威]易卜生 著

《野鸭》 [挪威]易卜生 著

《朱丽小姐》 [瑞典]斯特林堡 著

《底层》 [苏]高尔基 著

《乐观的悲剧》 [苏]伏·维希涅夫斯基 著

《钦差大臣》 [俄]果戈理 著

《大雷雨》 [俄]奥斯特洛夫斯基 著

《万尼亚舅舅》 [俄]契诃夫 著

《樱桃园》 [俄]契诃夫 著

《打野鸭》 [俄]万比洛夫 著

《榆树下的欲望》 [美]尤金·奥尼尔 著

《欲望号街车》 [美]田纳西·威廉斯 著

《推销员之死》 [美]阿瑟·米勒 著

《沙恭达罗》　　　　　[印度]迦梨陀娑　著

《夕鹤》　　　　　　　[日]木下顺二　著

《女人的一生》　　　　[日]森本薰　著

《饥饿海峡》　　　　　[日]水上勉　著

《窦娥冤》　　　　　　关汉卿　著

《西厢记》　　　　　　王实甫　著

《长生殿》　　　　　　洪昇　著

《牡丹亭》　　　　　　汤显祖　著

《桃花扇》　　　　　　孔尚任　著

《雷雨》　　　　　　　曹禺　著

《北京人》　　　　　　曹禺　著

《茶馆》　　　　　　　老舍　著

《屈原》　　　　　　　郭沫若　著

《关汉卿》　　　　　　田汉　著

《上海屋檐下》　　　　夏衍　著

《战斗里成长》　　　　胡可　著

《狗儿爷涅槃》　　　　刘锦云　著

《桑树坪纪事》　　　　陈子度等　著

《洒满月光的荒原》　　李龙云　著

《大荒野》　　　　　　杨利民　著

徐小婷、徐小娴艺考书单推荐

表演专业：

《演员自我修养》　　　　[俄]斯坦尼斯拉夫斯基　著

《表演艺术心理学》　　　[英]格林·威尔逊　著

《表演艺术教程：演员学习手册》　林洪桐　著

《银幕技巧与手段》　　　林洪桐　著

《电影表演艺术》　　　　林洪桐　著

《中国电影美学：1999》胡克等　主编

《新中国电影五十年》　　胡克等　主编

《谈演员的矛盾》　　　　[法]狄德罗　著

《电影表演》　　　　　　[美]奥勃莱恩　著

《文艺心理学》　　　　　朱光潜　著

《电影表演艺术概论》　　李冉苒　刘诗兵等　著

《好玩的游戏与好看的艺术》　　齐士龙　著

《电影戏剧中的表演艺术》　　　齐士龙　著

《明星之门：电影表演艺术论集》　钱学格　著

《影视表演艺术讲课笔记》　　　刘诗兵　著

导演专业：

《雕刻时光》	[苏]安德烈·塔可夫斯基 著
《荣誉》（修订版）	苏牧 著
《认识电影》	[美]路易斯·贾内梯 著
《电影剧本写作基础》	[美]悉德·菲尔德 著
《故事》	[美]罗伯特·麦基 著

电影制作专业：

《电影的元素》	[美]李·R. 波布克 著
《解读电影》	[美]布鲁斯·卡温 著
《电影语言》	[法]马赛尔·F. 马尔丹 著
《电影和导演》	[美]唐·利文斯顿 著
《导演功课》	[美]大卫·马梅 著
《电影语言的语法》	[乌拉圭]丹尼艾尔·阿里洪 著
《电影剪辑技巧》	[英]卡雷尔·赖兹　盖文·米勒 著
《电影摄影画面创作》	张会军 著
《电影剧作者疑难问题解决指南》	[美]悉德·菲尔德 著

电影理论：

《电影美学》　　　　　[匈]贝拉·巴拉兹　著
《新世纪新电影》　　　苏牧　著
《电影的本性：物质现实的复原》[德]齐格弗里德·克拉考尔　著

编剧专业：

《电影剧本写作基础》　　[美]悉德·菲尔德　著
《电影剧作问题攻略》　　[美]悉德·菲尔德　著
《电影编剧创作指南》　　[美]悉德·菲尔德　著
《好剧本是改出来的》　　[美]保罗·齐特里克　著
《你的剧本逊毙了》　　　[美]威廉·M.埃克斯　著
《编剧的策略：如何打动好莱坞》[美]亚历克斯·爱泼斯坦　著

制片专业：

《电影艺术词典》　　　许南明　主编
《独立制片》　　　　　[美]格·古德尔　著
《电影市场营销》　　　于丽　著
《中国电影产业史》　　沈芸　著
《西方经济学》　　　　高鸿业　主编
《管理学教程》　　　　周健临　主编

艺术管理方向：

《美学和中国美术史》　　朱光潜　著

《中国美学史大纲》　　叶朗　著

《色彩艺术》　　〔瑞士〕约翰内斯·伊顿　著

《图像与观念》　　曹意强　洪再辛　著

《概念艺术》　　钱竹　编

《中国原始艺术精神》　　张晓凌　著

《情感与形式》　　〔美〕苏珊·朗格　著

《美感》　　〔美〕乔治·桑塔耶纳　著

《抽象绘画》　　〔德〕阿尔森·波里布尼　著

《视觉美学》　　〔法〕J. J. 德卢西奥·迈耶　著

徐小婷歌词作品

Genki Girls!

词：徐小婷
曲、制作：陈小奇音乐制作有限公司

一天用四十八小时拼命闯
提起高跟鞋挽起袖子向前跑
要打扮不化妆去演讲
Genki Girls!

黑夜不能把你完全的打败
擦干眼泪大喊一声站起来
睡前祷告上帝会关怀

风吹起发梢脸朝太阳好勇敢
没有什么能对你阻拦
头顶着皇冠
吸一口气挺起胸膛看着彼岸

白天满血复活继续要上路
每天都有人为你点赞庆祝
转身散发光芒和天赋

想要的统统都会实现愿望
所有梦想都无惧不怕受伤
哪怕跌倒也从不彷徨
Genki Girls!

风吹起发梢脸朝太阳好勇敢
没有什么能对你阻拦
头顶着皇冠
在这一刻你是女王

元气是你最棒的手腕
来吧下一站
任性的女孩会长大
因为天生是 Genki Genki Genki Girls!